I'm Brisbane

아이 엠 브리즈번

김청영 지음

I'm Brisbane

자유문고

아이와 호주 브리즈번에서 11주를 살다!

"힐링하고 싶다면, 브리즈번에서~"

우리 아이는 다섯 살 때부터 일곱 살 때까지 영어 유치원을 보냈다. 그때 아이와 함께 받았던 내 스트레스도 매우 컸다.

어릴 때 배우는 제2외국어가 자칫 아이에게 인격 장애를 일으킬 수 있다는 이야기를 들은 후, 나는 여러 가지 사례와 정보를 찾아본 후 신중하게 영어 유치원을 골랐다. 어렵게 선택한 만큼, 아이가 영어를 자연스럽게 받아들이기를 바랐다.

아이가 여섯 살 때, 한글도 자연스럽게 읽고 영어도 편안하게 받아들이는 것에 감사했다. 그러나 일곱 살이 되면서 영어 유치원에서 내주는 과제도 부담스러웠고, 나 또한 아이가 초등학생이 되기 전에 힐링의 시간을 가지며 자유를 만끽하고 싶었다.

그동안 아이를 영어 유치원에 보내면서 나 역시 지쳐 있었다. 그런 느낌에서 벗어나고 싶어 조금은 먼 곳으로 긴 여행을 떠나고 싶은 마음이 컸던 것 같다.

그때 호주 브리즈번 퀸즈랜드 아카데미 비주얼과를 졸업하는 제자 지은이의 졸업작품전을 티칭하게 됐다. 지은이와 맺은 인연으로 자연스럽게 브리즈번이란 도시에 관심이 커졌다. 결국, 아이 학교이자 나의 긴 힐링 여행지로 브리즈번을 선택했다.

나는 초등학생 부모가 되기 전 자유로운 시간을 가져보고 싶었고, 아이에게도 영어가 주입식으로 자리 잡지 않도록 현지 교육을 통해 자연스럽게 받아들여지게 하고 싶었다.

브리즈번은 내 기대 이상이었다. 공항에 도착하면서부터 나는 심상치 않은 기운을 받았다. 공항에서부터 느껴지는 신선한 공기와 하늘은 너무나 매력적이었다. 나는 브리즈번의 환상적인 풍경에 꼼짝 못할 정도로 빠지게 되었다. 그렇게 브리즈번은 단숨에 나에게 행운의 마법을 걸어주었다.

아이의 학교는 존 폴John Paul College이었다. 학교 환경은 아이와 나에게 힐링을 주었고, 도시와 자연은 우리에게 자유를 선물했다. 주말에는 아이와 주변을 여행하며 친구처럼 서로를 돕고 협력했다. 다른 나라에서 지내는 긴장감은 모자에게 긍정적 애착을 만들어 주었다.

호주의 특이한 학제인 한 텀Term을 보낸 11주간은 아이가 영어를 배우는 자체가 '소통'을 위한 것임을 알게 해 주었고, 자연환경과 어우러진 다양한 체육수업은 아이의 정신과 몸을 건강하게 단련시켜 주었다.

무엇보다 아이를 위해 온 브리즈번은 나에게 태어나서 처음으로 온전히 힐링할 수 있는 시간을 선물해 주었다.

현실적이지 않아 보이는 하늘의 모습과 자연은 내면 깊숙이 침잠되어 있던 나의 순수한 영혼을 느낄 수 있는 기회를 주었다. 브리즈번에 있는 곳곳은 그곳이 명소이든 아니든 그저 자연이 주는 대 감동이 기다리고 있었다.

가는 곳곳마다 맛있는 롱블랙 커피가 있어 더욱 행복했다. 몸은 편안했다. 마음은 숨 쉴 곳을 제대로 찾은 것처럼 자유로이 쉴 수 있었다. 그렇다고 이곳이 그저 한적함만 있는 곳은 아니었다. 아름답고 개성이 있었다.

우연히 달려온 이곳 브리즈번에서 뜻하지 않게 삶의 아름다운 꿈들을 마주할 수 있었다. 한국으로 돌아간 일상에서 이곳을 생각한다면, 소풍을 다녀온 소녀의 마음으로 지낼 것 같았다.

문득 혼자라는 외로움에 젖었을 때 다시 가고 싶고 기대고 싶은 곳, 희망을 찾고 잘 살아낼 힘을 얻을 수 있을 것 같은 곳, 가장 먼저 머리에 떠오르게 될 곳이 바로 여기 브리즈번일 것이다.

아이와 함께 영어를 고민하는 부모님.
마음이 지칠 대로 지친 누군가.
사랑하는 가족과의 여행.
여름휴가.

누구라도 마음이 가라앉아 힘들다면 이 책을 통해 호주 브리즈번으로 나들이 나온 기분을 느껴보길 소망해 본다.
서울이 고향인 내 아이에게 브리즈번이 마음의 고향처럼 자리 잡을 수 있도록, 모두의 여행지로 꼭 브리즈번을 추천하고 싶어서 이 책을 낸다.

P.S. 이 책에는 순서가 없다. 질서정연하지도 않고 가지런하게 쓰지도 않았다. 따뜻하고 좋은 감정들이 들끓던 브리즈번에서의 모든 순간을 그때그때 찍고 편하게 적었다.

호주 브리즈번에서
지은이 김청영

5장 귀향을 준비하며!

1장

헬로우,
꿈속에서 봤을
브리즈번!

잠시 쉼표를 찍고, 한국을 떠나며

"삶이 얼마나 유한한 것인가?"

나는 느낀다. 오십이라는 나이에, 태어나서 처음으로 이 나라를 10주 이상 떠나 본다.

지금까지 왜 그러지 못했을까? 대단한 일을 해낸 것도 아니고, 대단한 애국자도 아니면서 말이다.

물론 온전히 나로 인한 선택이 아닌, 아이와 함께 떠나는 3개월이다. 이유야 무엇이든, 나는 3개월을 떠나게 되었다.

아이와 단둘이 떠나는 3개월 살이 프로젝트의 동기는, 아이가 한국에서 5, 6, 7세가 되는 동안 한국어를 익히고, 영어 유치원에 적응하며 숫자를 익히고, 운동하고, 음악을 배우는 내내 함께하며 지친 마음을 아이와 함께 쉬고 싶다는 생각이 들어서였다.

떠나오면서

될 수 있으면 아이가 영어도 가능한 나라로 가야겠다고 생각하고 막연하게 여행 일정을 잡은 것이었는데, 벌써 내일이 출발일이다.

어떤 것도 계획하지 않았다.
호주 브리즈번의 마을에 슬리퍼 끌고 놀러 가는 기분으로 준비하였다.

11주 살이, 무엇을 가지고 갈까?

11주를 보내는 긴 여정에 서니까 무엇을 준비해야 하는지 고민을 많이 했다. 도착하는 집 언더우드 근처에 이케아가 있다고 하니 생필품은 간단히 사기로 했다. 한국마트 또한 있다고 하니 먹거리 준비도 제외했다.

아이는 교복을 입을 것이니 옷도 딱히 준비할 것이 없었다. 단지 브리즈번 기후가 건조한 편에 속한다고 해서 로션을 꼼꼼하게 챙겼다. 생각보다 짐은 많지 않았다.

시간이 다가올수록 조금씩 걱정이 일기도 했다. 11주 동안 생각보다 혼자 보내야 하는 시간이 많을 것임을 깨달았고, 아이가 제1 사춘기라고도 하는 7살이라는 점이 조금 자신감을 떨어뜨리기도 했다.

그래서 무조건 서점으로 달려갔다. 나의 정서가 메마르지 않게 달래줄 책들을 샀다. 구스타프 융의 책은 특히 꼼꼼하게 챙겼다.

"11주를 떠나면서 뭐가 저렇게 요란하지?"

누군가는 그렇게 생각할지 모르지만, 나는 이제까지 대학을 졸업한 이후로 그림을 가르치고 그림을 그리며 나의 세계 밖으로 제대로 빠져나와 본 적이 드물었다. 늘 작업실에 나의 정서를 두고 다녔다.

브리즈번으로 가기 두 달 전에 마음을 단단히 먹고 아파트 상가에서 사용하고 있던 내 작업실을 내놓았다.

마음 한편으로는 작업실이 나가지 않기를 바랐다. "두 달 만에 나가겠어?" 하는 마음도 있었다. 그리고 이제 아이는 한국에서 곧 초등학교에 들어가야 하는 나이였다.

나처럼 하나에 꽂히면 다른 걸 제대로 못하는 사람은, 많은 질문을 받아주어야 하고 앞으로 살아갈 생활의 규칙을 하나하나 일일이 가르쳐 줘야 할 만큼의 집중도를 아이에게 쏟을 수가 없다. 작업실까지 없앤 건 극단적인 처방이었다.

정말 대단한 결심으로 내놓았는데, 브리즈번으로 출발하기 직전에 계약이 되었다. 브리즈번으로 가는 짐을 꾸리기는커

브리즈번으로 무엇을 갖고 갈까 ↙

넝, 작업실 짐을 정리하고, 집의 서재를 작업실로 만들어 놓느라 너무 정신없는 시간을 보냈다.

비행기 타기 이틀 전까지 내 짐을 정리하느라 브리즈번으로 오는 짐은 전날 밤에 겨우 쌌다.

다행히 서점에서 미리 산 책은 브리즈번 집으로 부친 상태라 마음이 든든했다.

나의 정서와 든든한 버팀목이 되어줄 책, 틈틈이 매일 쓰려고 하는 나의 글을 위한 노트북, 그리고 이번에 선택한 노트9의 카메라. 즐겁게 짐을 쌌다.

문득, 옛날 유배지로 떠난 많은 관직자가 위대한 저서를 남길 수 있었던 것은, 책을 읽고 몰입할 시간이 충분하고 깊이 있는 학문을 할 만한 환경에 놓였기 때문이 아닐까, 하는 생각이 들었다. 책이 어느 벗보다 충직하고 특별한 행복을 주었으리라.

나이 쉰에 11주간을 7살 아이와 떠나는 여행에서, 나는 책에 단단히 의지하겠노라며 짐을 꾸렸다.

브리즈번 공항에 도착하다

7월 초, 한국을 떠나기 전 유난히 미세먼지가 심하고 날씨가 좋지 않았던 탓일까? 브리즈번 공항에 도착하자 코가 뻥 뚫리는 상쾌함이 느껴졌다.

유난히 기후가 좋은 브리즈번은 사람이 향유할 수 있는 최고의 공기와 바람, 하늘, 기온을 갖고 있음을 직감했다. 공항에서부터 느낀 자유와 신선함은 어디에서 연유할 것일까? 이곳 계절로 겨울 자락에 와서 유난히 그런 것 같기도 했다.

여름에 강렬한 태양 아래 왔다면 아마 뜨거웠을 텐데, 겨울은 오히려 가벼운 옷을 입고 가을 점퍼 하나 두른 채 다닐 수 있다. 브리즈번에 오기 딱 좋은 계절이었다.

햇볕은 따뜻하고 바람은 상쾌하고 코에 들어오는 기온은 무어라 형용할 수 없을 정도로 적당했다.

'조금 더 풍경이 좋은 곳으로 이동하게 되면 감탄사가 절로 나오겠지?'

공항에서부터 나의 상상은 벌써 즐겁기만 하다.

혼자만의 감탄이 인다. 모든 것을 뒤로하고 떠나와 브리즈번 공항에 서 있는 내가 대견하다.

전날까지 꽉 찬 내 작업실을 다 비우고 뭔가 홀가분한 기분으로 떠나온 브리즈번. 다시금 무언가 내 인생의 전환점이 몰려오고 있는 것 같았다.

집을 빌려준 여사장님이 공항까지 픽업 서비스를 와 주었다. 공항에서 우리가 살 브리즈번 퀸즈랜드 주 언더우드 집은 30분이 채 안 걸리는 거리에 있었다.

구름이 머리 바로 위에 떠 있었다.

"Brisbane, Good Morning!"

2장
Mauee

내 아이의
성장기

아이가 다닐 학교, 존 폴

7월에 시작하는 학기에 아이를 입학시키기 위해서 3월부터 여러 학교에 요청을 넣었다.

공립학교는 아시아인을 수용하는 인원이 초과해서 불가능할 것 같다는 연락이 왔고, 기독교 학교와 존 폴John Paul College에서는 입학이 가능하다고 했다. 우리 가족은 상의 끝에 존 폴을 선택했다.

브리즈번에 도착한 다음날, 학교 인터뷰에 가야 하는 아이와 함께 나와 남편은 학교에 갔다. 존 폴 학교는 우리에게 브리즈번에 대한 첫 이미지가 되었다.

학교는 국립공원같은 대자연 안에 학교를 얹어 놓은 것처럼 대단한 풍경을 갖고 있었다. 시설들은 매우 정갈했고, 나무들의 모습이 너무 멋났으며, 구름이 학교 바로 위에 있는 것처럼 보였다. 자연이 배경이 된 그 풍경은, 아이들의 정서를 자연이

존 폴 칼리지

담당하는 것으로 보였다.

남편과 나는 존 폴을 구경하며 내내 "너무 멋지다.", "진짜 좋다.", "나도 이런 학교에 다니고 싶다"를 연신 외쳤다.

아이의 정서에 긍정적인 에너지를 받으리라는 것을, 나는 오래된 나무들을 보며 확신했다. 무리한 것처럼 보였던 일정들이 모두 안심되었다. 나는 나의 선택에 스스로 박수를 보냈다.

"Good Morning, John Paul!"

존 폴의 운동회 날

담임선생님이 "스포츠 데이니 시간 있으면 부모님이 오셔도 좋아요."라고 이야기해서 물과 간단한 간식을 챙겨 학교 운동장으로 갔다. 가서 보니 우리나라의 운동회였다.

아이들은 달리기를 시작으로 줄넘기 같은 여러 경기를 진행했다. 부모님들의 줄다리기 경기도 있었다.

간단하고 준비 없이 한다는 'John Paul Sports Day'는 생각보다 규모가 컸고, 무엇보다 드넓은 잔디 위에서 마음껏 뛰어놀고 경기하는 모습이 너무 좋았다.

뜨거운 햇살도 아랑곳하지 않고 아이들은 신나게 운동회에 참여했다.

생각지도 못한 행사에 놀랐고, 여유롭게 준비하고 자연스럽게 이루어지는 행사에 한 번 더 놀랐다. 선생님들이 아이들을

존 폴 Sports Day에서 힘차게 뛰노는 아이들과
흥겨운 시간을 보내는 부모들

자유롭게 돌보면서 질서 있게 리드하는 모습이 인상적이었다.

이곳 선생님들은 행정사무로부터 벗어난다. 오직 아이들에게만 집중할 수 있다. 이런 교육 시스템이라서 교육의 질이 높을 수밖에 없을 것이다.

아직 어린 유치부이지만 모두 달리기, 이어달리기, 줄다리기, 개인기 스포츠 등 다양하게 스스로 줄을 기다리고 서로 협력하며 즐겼다. 아이들은 즐겁고 질서정연하게 행사를 끝까지 마쳤다.

같은 날 오후 5시 30분부터 부시 댄스파티를 체육관에서 개최했다. 카우보이 옷을 입고 부모님들과 함께 춤을 추며 즐거운 시간을 갖는 시간이었다.

문화가 있는 행사들에 아이들이 자연스럽게 젖어 드는 모습을 보니 매우 인상적이었다. 부모님들과 댄스를 하며 즐거운 시간을 가질 수 있도록 준비하는 학교 행사는 권위적이지 않았고, 오직 아이들을 위하겠다는 마음이 느껴졌다.

나와 아들 Mauee(마우이, 영어 이름)도 부시 댄스를 배우고 추며 즐거운 시간을 보냈다.

학생 발표회에 참석하다

아이가 7월과 8월 공부한 것을 부모님에게 설명하는 날, 'John Paul prep student Led Conference' 시간이다.

일정은 학교에서 제시하는 몇 가지 시간 중에 가정마다 좋은 시간을 선택할 수 있다. 나는 수요일 오후 4시 30분 시간을 선택해서 갔다.

교실에서 간단하게 아이들의 설명을 듣고 오는 것으로만 생각했는데, 그런 프로그램이 아니었다. 각자 교실에서 아이가 부모님에게 그동안 공부한 여러 가지를 설명하고, 5가지 과목의 선생님을 찾아가서 부모님과 함께 미션을 수행하는 과정이었다.

- Physical Education
- Spanish

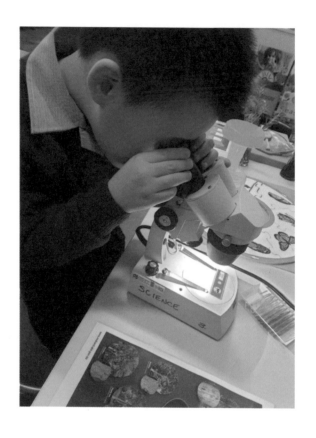

존 폴 prep student Led Conference

- Music
- Visual Art
- NMLC (Library)

과정별로 선생님과 인사를 하고 아이가 평소에 하는 수업을 부모님들이 함께 수행하고 경험해 보는 소중한 시간이었다.

학교에서는 아이가 나를 인도했다. 학교에서 아이의 듬직한 뒷모습을 많이 보게 되었다.

학교의 'Conference'는 그저 보여 주기 위한 행사가 아니라, 진정성 있고 자연스럽게 부모가 아이의 수업을 지지하고 응원할 수 있도록 진행하는 의미 있는 수업의 한 과정으로 보였다.

아직 반에 친구가 없다면서 속상해할 때도 있었는데, Conference를 통해 반 친구들 이름을 가르쳐 주며 즐겁게 설명하는 모습을 보니, 엄마인 내 마음이 한결 편안해지고 아이의 수업에 대해 많이 이해하게 됐다.

이번 컨퍼런스를 경험하며 존 폴 학교에 대한 신뢰가 두터워졌다. 시스템은 보여 주기 위한 것이 아니라 아이들의 교육을 위해 부모와 일치가 되기를 원하는 모습이었고, 우수한 환경은 존 폴의 자랑으로 여기고 있었다. 어느 교실에서도 밖에 보이는 자연풍경은 대단히 아름다웠다.

해가 지는 모습을 보며 우리는 함께 체육관에서 게임을 했다. 학교는 부모와 아이가 한 팀이 되도록 응원하고 있었다.
아들은 이 야외 체육관을 좋아한다. 아빠와 함께하지 못한 아쉬움이 많이 남았다. 해가 지는 교실을 보면서 아이와 나는 집으로 왔다.

일곱 살의 놀이

아들 마우이Mauee는 학교가 끝나고 나면, 2시간 내내 펌프질을 하고 물을 나르고 모래에 부어 모래 놀이를 한다. 땅을 파고 또다시 펌프질을 하며 친구들과 종알종알 이야기도 한다. 멋진 건물을 짓고 있는 사람처럼 진지하다.

아이는 펌프질을 해서 열심히 모래에 부어 무언가를 계속 짓는다. 꿈을 짓고 있는 것처럼 말이다.

그 모습이 귀엽고 순진하고 열정적이다. 그리고 아이의 등 뒤에 늘 하늘이 가까이에 있다. 충분히 논 후 펌프질을 해서 손과 발을 씻고 노래를 흥얼거리며 집으로 돌아온다.

공교육을 시작하기 전 일곱 살만이 가질 수 있는 자유의 시간. 아이의 하루를 보니 학교를 보내기 전에 꼭 다른 나라의 교육을 경험해 보라고 권유하고 싶다.

존 폴 학교에 다닌 지 일주일이 되었을 때, 아들의 담임선생님이 말씀하셨다.

"몇 시에 재우시나요?"
"매일 밤 8시 30분이면 잠들 수 있도록 해 주세요."
"방과 후 과목을 4일 이상 시키시면 안 돼요."
"아이가 혼자서 자신만의 행동을 차분히 생각하고 스스로 놀 수 있는 시간을 가져야 해요."

모래 놀이에
열중인 아들

먼 이 나라에 와서 나는 이 코멘트에 많은 걸 깨우쳤다.

물론 책으로도 충분히 접할 수 있는 구절이고 대목이다. 그렇지만 머나먼 이국 땅 브리즈번, 그 아름다운 곳에서 파란 눈동자의 선생님께 듣는 이야기는, 길을 찾지 못하는 한 엄마의 교육관을 흔들어 놓기에 충분했다.

많은 부모님에게 꼭 권유하고 싶다. 아이에게 한국의 공교육이 시작하기 전 다른 나라의 친구들과 접할 기회를 주라고. 그것은 앞으로 다가올 시대를 아이들이 자연스럽게 준비하는 작은 첫걸음이 될 것이다.

이제 엄마가 준비해야 하는 것은 단단함이 아니라 부드러운 정서임을 잊지 말자. 오늘도 나는 아이와 함께 Sand pit에서 펌프질을 하고 있다.

존 폴 북 캐릭터 퍼레이드

아이는 한국에서 3년 내내 영어 유치원을 다녔는데, 캐릭터 데이날 특이한 옷을 입고 유치원에 갔던 기억이 났다. 여기에 와서도 이걸 해야 하는구나 싶었다.

선생님은 책에 나와 있는 캐릭터 복장을 하고 그 책을 들고 오라고 하셨다.

아이랑 나는 간단하게 언더우드에 있는 '우럴스Woolworths 옆 Big W'에서 피터 팬에 나오는 후크선장 옷을 샀다.

드디어 북 캐릭터 날, 아이들은 캐릭터 옷을 입고 책을 옆에 끼고 학교를 한 바퀴 돌고 야외 체육관에서 행사를 진행했다.

선생님들이 너무 디테일하게 캐릭터 옷을 입고 캐릭터 속의 주인공처럼 표정을 지었기 때문에 아이들은 즐겁고 신나게 구경도 하고 서로의 책을 보며 이야기도 하였다.

선생님들이 아이들의 꿈과 희망을 위해서 준비한 행사였다.

북 캐릭터 퍼레이드를 즐기는 주민들

우리는 아이들에게 장래희망을 눈에 보이는 것으로 권장한다.

"의사, 선생님, 판사, 경찰관, 가수가 되면 어떨까?"

부모들이 권하기도 하지만 아이들도 그렇게 자주 말한다.

"의사, 선생님, 판사, 경찰관, 가수가 될래요."

문득, 선생님들이 북 캐릭터의 주인공이 되어서 아이들보다 더 신나게 큰소리로 웃고 이야기하는 모습을 보니, 우리는 꿈과 낭만을 어느 순간 잃어버리고 사는구나 하는 생각이 들었다.

선생님들이 포토존에 서서 직접 캐릭터들의 포즈를 취하고, 아이들도 함께 신나게 행사를 즐겼다.

장래희망이 피터 팬이면 안 되는 건가?
"날 수 있으면 좋을 것 같아요."
"사람들을 행복하게 해 주고 싶어요."
이런 꿈 말이다.

요즘 시대는 아이들을 현실 속으로 너무 빨리 데려간다. 유치부 어린이들의 장래희망은 아직도 피터 팬이고 공주님일 수 있다. 어른인 우리가 지켜 주어야 한다는 생각이 든다.

북 캐릭터 퍼레이드는 아이들에게 꿈과 희망을 주는 시간이었다. 엄마인 나도 동심으로 돌아가기에 충분한 낭만적인 행사였다. 교장 선생님은 여우 복장이었다.

무지개를 보며 환하게 미소 짓는 아이

방과 후에 아이와 함께 수영장에 갔는데 무지개가 아이 모자 위로 비쳤다.

선명하게 비추었다. 너무 좋아서 소리치는 아이의 얼굴이 해맑다.

무지개 하나로 이렇게 해맑은 일곱 살 나이의 아이를 만들 수 있다. 나는 무지개처럼 아이를 제대로 즐겁게 이끌고 있었던가? 이곳 풍경은 다시 한번 생각할 여유를 준다.

아이와 함께 신기해하며 느긋하게 무지개를 다시 보았다. 정말 아름다운 무지개이다. 시인 워즈워스William Wordsworth 는 〈무지개〉라는 시에서 "나는 무지개를 보면 가슴이 두근두 근 뛰는도다. 어른인 지금도 그러하다. 무지개를 보고도 가슴 이 두근거리지 않으면 그런 인생을 살고 싶지 않다"고 표현 했다.

무지개(A Rainbow)

하늘의 무지개를 볼 때면

언제나 내 가슴 설레인다오.

My heart leaps up when I behold

A rainbow in the sky:

나 어린 시절에 그러했고,

어른이 된 지금도 그러하니,

나이 들어 그렇지 못하면 살아서 무엇하리오.

So was it when my life began:

So is it now I am a man;

So be it when I shell grow old,

or let me die!

어린이는 어른의 아버지

바라건대, 내 삶의 하루하루가

자연의 경건함으로 이어지기를.

The child is father of the man;

And I could wish my days to be

Bound each to each by natural piety.

무지개를 보면
환하게 웃고 있다.

아이와 함께 무지개를 보며 '오!' 하고 탄성이 나온, 소소한
일상의 두근거림이 감사한 날이다.

아이 영어 이름 'Mauee(마우이)'

아이가 영어 유치원에 들어갔을 때 유치원에서 영어 이름을 지어 오라고 했다. 영어 이름에 대한 이미지를 모르는 나와 남편은 조금 막막했다.

그즈음, 아이와 함께 태어나서 처음으로 〈모아나〉 영화를 보았다.

아이는 그곳에 나온 '마우이'가 멋지다고 그 이름으로 하겠다고 스스로 정했다. 그래도 괜찮은가 긴가민가했지만, 아이의 주장은 몹시 강력했고, 결국 내 아이의 영어 이름은 Mauee(마우이)가 되었다.

학교에서 선생님들은 이름이 마우이라고 하면 다시 묻곤 한다. 우리가 디즈니영화 〈모아나〉의 마우이라고 하면 모두 '하하하' 웃는다.

내 아이는 개성이 있고 주장이 강한 편이다. 그런 기질을 모르는 바 아니었지만, 영어 이름을 만들면서 내 아이의 성향에 대해 나는 확신을 할 수 있었다.

　시키는 대로 따라 하고, 하던 방법을 그대로 해야 하는, 지면 수업에 강하지 않은 내 아이의 성향이 보였다.

　아이가 자기의 고정된 가치관이 생기기 이전에는 부모와 함께 많이 이야기하고, 판단하는 방법을 가르쳐주며 가야 하고, 가치관이 많이 형성된 그 순간 부모는 응원자로 조금은 떨어져서 관찰해주는 성숙한 부모로 거듭나야 함을 알고 있다.

아이는 아이 나름대로 성장한다. ↙

집에서 멀리 떠나오면 아이에게서 그동안 보지 못했던 장점을 발견할 수 있다. 아이와 엄마는 더 친밀해진다.

진정한 교육을 하고 싶다면 꼭 한국의 교육이 아닌 다른 나라의 교육을 부모가 경험해 보길 권유한다. 그렇게 함으로써 하나의 길이 아닌 다른 길도 보인다.

떠날 수 없는 상황이라면 간접 경험이라도 꼭 들어보자. 그리고 참고하고 성찰하고 나아가자.

옆집 사람들과 들은 이야기로 내 아이의 교육을 이끄는 것은 너무 안이하고 위험 부담이 있으며, 결코 내 아이를 성장시키지 못할 것이다.

내 아이에게 맞는 맞춤 교육을 선택할 수 있어야 한다. 부모도 아이의 성장 속도만큼 함께 성장해야 한다.

내 아이의 영어 이름을 Mauee로 지을 때, 문득 들었던 그 스치는 생각을 절대 잊어버리지 말자고 다짐해 본다.

존 폴 프랩 단계

호주에서는 유치부 5세부터 필수 교육과정으로 이루어진다.

하루 수업은 오전 8시 20분에 등원해서 오후 2시 40분에 종료한다.

한 반에는 두 분의 선생님이 계신다.

담임선생님은 학습적인 내용을 주관하시고, 부담임 선생님은 기타 케어를 도와주신다.

모든 공지사항은 원하는 경우 전자메일로 주거나 학교 공지란에 올라온다.

프랩 단계는 거의 매일 갖고 오는 수첩과 전자메일로 소식을 알려준다.

도시락은 과일, 점심용, 간식용, 물을 중심으로 부모가 준비한다. 프랩에서의 점심은 철저하게 health-food를 지향한다.

↳ 존 폴의 Sand pit와 그늘막

   같은 반 친구 중에 알레르기가 있는 경우 반 전체는 그 음식을 제한한다. 우리 아이 반은 땅콩, 달걀이 제외되는 음식이다. 누텔라를 바른 빵도 제한적이다.

   도시락을 준비하는 일은 쉽지 않다. 호주에서는 고등학교 3학년까지 부모가 정성스러운 도시락을 매일 싸주어야 한다.

   방과 후 수업은 테니스, 수영, 모둠 체육, 기타 등 체육으로 구성되어 있다. 아이들은 수업시간에 거의 매일 Sand pit에서 논다.

존 폴의 학교 모자는 유난히 챙이 큰데, 매우 합리적이다. 피부를 보호하기 위해서 꼭 쓰게 한다. 아이들도 불편하게 생각하지 않고 꼭 챙겨 쓴다.

제2외국어는 필수 과정이다. 마우이는 스페인어를 선택했다. 아이의 기본 과목은 Physical Education, Spanish, Music, Visual Art, NMLC(Library), Sports로 구성되었다. 그리고 아이는 방과 후에도 항상 Sand pit에서 모래 놀이를 한다.

Sand pit는 모래와 펌프 시설이 하늘과 맞닿은 곳에 있어, 그늘막과 함께 오후 시간 내내 그곳에서 물을 펌프질해서 모래에 부어 모래 놀이를 할 수 있다.

혼자서도 즐겁고, 친구가 오면 더욱 즐겁고, 노는 자체가 언제나 즐겁다.

나는 풀이 좋아!

'12사도 바다'를 보고 오션로드를 돌면서 푸른 들과 하늘 아래 아들은 "엄마, 나는 이런 꽃나무가 좋아!"라며 코를 대고 그곳에 오랫동안 머물러 있었다.

아이는 꽃나무 가지를 오랫동안 만지고 보고 한참을 이야기한다. 그 모습이 아이답고 자연스럽고 순수했다.

브리즈번으로 떠나기 전까지는 어리고 어려서 언제 크나 했는데, 이렇게 먼 나라에서 긴 여행을 하고 보니 어느새 아이가 많이 컸고, 자연을 대하는 모습이 너무 진지해서 깜짝 놀랐다.

드넓게 펼쳐진 초원과 하늘, 방금 보고 온 파도들이 보이기도 하는 이 푸르름을 오랫동안 간직하고 싶다.

"꽃나무가 좋다."

12사도 오션로드에서
풀과 이야기하는 아들

이 고운 아이의 심성이 변치 않도록 내가 잘 키울 수 있을까?

오늘처럼 함께 감동을 공유하고 이야기하며 그 자리에서 함께 숨 쉬는 것 외에는 다른 길이 없다.

"나는 풀이 좋아."

마우이의 이 말이 나는 좋다.

천천히 가는 수영수업

야외 수영장의 멋진 환경에 반해서 방과 후 수업으로 아이와 상의해서 수영을 배우기로 했다.

아침, 저녁으로는 쌀쌀했지만 낮 시간은 너무 따뜻해서 날씨를 믿고 수영을 신청했다. 수영 시간은 수영을 처음 배우는 아이나 나에게 힐링 시간이 되어 주었다.

드넓은 구름을 보며 하는 수영은 아이에게 편안함을 주었다. 수업은 빠르게 진행되지 않았다. 기본기에 충실하고 아이가 물과 친숙해지기 위한 수업이 천천히 진행됐다.

아이의 밸런스에 맞춘 '천천히 가는 수업 방식'이 매우 좋았다.

초등부 수업 진행방식은 수업할 때 선생님들이 레일에 들어가지 않고 위에서 이야기로 하는 수업 형태였다. 프랩 아이들의 기초 단계만 선생님이 직접 수영장 레일에 함께 하셨다.

비가 오는 날, 날씨가 꽤 추워서 걱정했는데 수영장에서 갑자기 온천처럼 김이 모락모락 올라와서 깜짝 놀랐다. 알고 보니 날씨에 맞게 온도를 맞추어 주는 수영장이었다.

시설은 최고였다. 또한 하늘을 보면서 하는 수영장 분위기는 더 최고였다.

더없이 편안한
수영장

3장

쉼표,
엄마를 성장
시키다

식물을 키운다는 것은?

"식물을 키우는 일은 스스로가 '나 괜찮게 살고 있구나' 하는 착각을 들게 하는 것 같아요. 자기뿐만 아니라, 다른 사람에게도 내가 매력적으로 비치게 할 수 있는 장치라고 생각해요."

그런 책의 글귀가 생각난다. 이 문장을 읽은 후 기업으로 예술치료 강의를 나갈 때 꼭 꽃을 가져간다. 그렇다고 꽃으로 무엇을 표현한다거나 드러냄에 주안점을 두지는 않는다. 그저 보는 것만으로도 사람들의 탄성이 나오고 흐뭇해하는 게 행복하다.

식물을 키운다는 것은 자신의 섬세함과 다정함, 살아 있는 것에 대한 배려와 관심, 인격적 매너를 뽐내는 행위임에 틀림이 없다.

브리즈번 마트 입구에서는 늘 싱싱한 꽃을 볼 수 있고, 어느 곳에 가서도 꽃 화분을 살 수 있다.

호주에 와서 보니 새삼 아름다운 꽃이 너무 싱싱하다.

수입으로 들어오는 꽃이 많아지고 있고, 이곳 자체 꽃 재배는 줄고 있다고 하니 조금은 안타깝다.

그래도 브리즈번의 저 싱싱한 꽃과 정원의 식물들은 마냥 여유로워 보인다.

브리즈번 브런치

아이의 등원은 아침 8시 20분. 나는 아이를 학교에 보내고 언더우드 마켓플레스의 '우럴스Woolwoorths'에서 생수와 과일을 산다.

언더우드 마켓플레스 안의 '하나로 마트(한국마트)'로 가기 전 면로merlo 커피가 있는 〈해리가 샐리를 만났을 때〉 브런치 카페에서 커피와 브래드, 스크램블을 간단히 먹는다.

집에서 먹을 커피도 가끔 이곳에서 갈아달라고 부탁한다. 한국에서 핸드밀을 가지고 오지 않았기 때문에, 커피는 이곳에서 갈아오는 편이다.

우럴스에서 생수와 과일을 사서 차에 싣고 카페에 들어서면 오전 9시 20분쯤. 이때 커피가 진하다. 신맛이 덜하고 커피 자체의 맛은 좋다.

아침 내내 아이 도시락을 싸고 등교시켜 주는 엄마의 하루

해리가 샐리를 만났을 때 cafe

노고를 이 커피가 단박에 위로해 준다. 커피의 진한 향에 취하다 보면, 어느새 여유를 누리고 있는 내가 꽤 괜찮은 사람처럼 느껴진다.

존 폴 근처에서 내가 점 찍은 브런치 집이 하나 더 있다.

'Coco Cafe'

동양인은 거의 없고 내국인이 많이 이용하는 곳이다. 이 두 곳에서 아침 브런치를 많이 해서인지 어느새 정이 간다.

브리즈번 언더우드 주변에는 오후 5시가 되면 상점들이 거의 문을 닫는다. 그 대신 브런치들은 대부분 아침 7시에 시작한다.

오전의 여유로운 브런치는 매일 내 인생 최대의 특별한 행복 타임이다.

I want to go home!

집 밖에 나와 보면 내 집이 그립다더니, 20일쯤 지나니 한국 집으로 가고 싶어졌다.

매일 아침 혼자 아이 도시락을 싸는 등교 준비가 힘들어서 일까? 공유하는 집이 낯설기 때문일까?

일찍 해가 떨어지는 이 나라의, 저녁 8시 30분이면 잠을 자야 하고 아침 6시 30분이면 일어나야 하는 너무 단순한 생활 구조 때문일까? 핸드폰을 잃어버린 탓에 수다 떨 친구조차 없는 상황 때문일까?

가족.
HOME.
HOUSE.
자꾸만 집에 대해 생각하게 된다.

I Want to go
home

가족 모두가 함께 나와 있다면 집으로 돌아가야 한다는 생각이 덜 들었을 것 같다. 아이는 아빠를 그리워하고, 나는 남편의 건강이 걱정되기도 한다. 나의 생활 도구들이 있는 집으로 귀환하고 싶다.

여행이 3주가 넘어가면 생활이 된다고 한다. 익숙한 생활 속에 접어드는 브리즈번의 오늘 아침, 갑자기 강렬하게 집으로 돌아가고 싶어졌다. 집으로 돌아가게 되면 소중한 일상을 다루는 나의 태도는 달라져 있을 것이다.

3주 차, 그동안 살던 집을 떠나서 느끼는 나의 소중한 이 감정,
그것은 바로 '그리움,'
이 감정이 소중하고 아름답다.

가족 간 관계가 복잡하거나 친구 간의 문제가 심각하거나 혹은 일이 풀리지 않고 오히려 꼬이는 당신이라면, 무조건 3주간 지금 있는 그 자리를 떠나볼 것을 권한다.
쉽게 말하지 말라고? 그럴 처지가 아니라고? 아니다. 가장 중요하다고 생각한다면 시간도 비용도 만들어지게 된다.

떠나보면 당신에게 소중한 것이 무엇인지, 무엇을 위해 어떻게 달려나가야 할지 더 잘 보이게 된다. 3주간의 시간이 당신의 삶을 바꾸어 줄 열정을 불어넣어 줄 것이다. 또 인생의 방향을 제시해 줄 것이다.

브리즈번에서 일요일 교회 가기

온 지 3주가 지나면서 나는 일요일마다 교회에 가게 됐다. 내 종교는 천주교라서 성당에 다니고 있지만, 이곳에서는 성당에 가기가 어려워 지은 어머니가 다니는 한국인 교회에 나가기로 했다.

일요일에 초등학교를 빌려서 예배가 열리는 교회였는데, 하늘이 가까워 보이는 이곳에서 하는 기도는 꼭 들어주실 것 같은 영적 기운이 느껴졌다. 아이는 아이들끼리 주일학교에서 기도하고 나는 조용히 예배를 보았다.

예배가 끝난 후에는 맛있는 점심까지 준다. 정말 다른 나라에 나와서 어려움을 겪고 있다면, 종교는 힘든 사람을 따뜻하게 보듬어 주기에 충분했다.

하늘이 가까워 보이고 기도가 있고, 맛있는 식사가 있고, 모국어가 있는 곳. 그 모든 것이 합해진 아름다운 예배였다.

집을 떠나온 외로움을 온화하게 달래주기에 충분한 시간이
었다.
기도는 늘 나에게 안식과 평화를 준다.
기도드릴 수 있음에 감사하다.

벤엘장로교회
(Sunnybannk State
School)

나를 행복하게 하는 공부

조선 후기 500권의 책을 집대성한 정약용은 이렇게 말했다.

"공부를 그저 출세의 수단으로만 생각하면 공부도 잃고 나
도 잃는다. 백 년도 안 되는 인생, 공부하지 않는다면 이 세
상 살다간 보람을 어디에서 찾겠는가? 사람이 태어나서 책
도 읽지 않고 무슨 일을 도모하겠는가?"

내 생각에 힘을 실어준 이야기이다. 우리는 어떤 목적이 생
기고 목표가 있어야 공부를 한다고 생각한다. 어쩌면 어려
서부터 그렇게 훈련받고 앞만 보고 달려와서 그런지도 모르
겠다.

그런데 점점 나이가 들면서 내 정서의 힐링을 위해 자꾸 책
을 들게 되었다. 정서가 메말라 있을 때는 나를 다독여 주는
책들을 읽었고, 아이 교육이 힘들어지고 갈팡질팡할 때는 교

육도서를 다양하게 읽었다.

　브리즈번으로 떠나오면서도, 나는 내가 선택한 책을 벗 삼았다. 이번에도 어김없이 나는 책표지가 마음에 드는 것들을 먼저 읽었다.
　나는 나를 닮은 독서를 즐긴다. 강의하기 위해서가 아니고, 나의 위신을 높이기 위해서가 아니고, 읽고 배우는 그 시간 자체를 즐기고 행복해하는 나를 발견했다.

　나는 위로하는 방법을 독서에서 찾고자 했다. 이 생각은 맞았다. 아이와 떠나온 브리즈번의 11주는 많은 시간을 혼자 보내야 했다. 그 시간은 온전히 의지대로 쓸 수 있었다.
　그 시간 동안 나는 혼자 브런치를 하면서 책을 읽고 글도 쓰고, 혼자 감동하며 충만한 감정으로 시간을 보냈다.
　누군가와 이야기하는 시간보다 훨씬 더 내 안으로 따뜻한 정서가 차곡차곡 쌓였다. 누구라도 받아들일 수 있는 탄력적인 감정이 생겼다. 그 시간은 너무 알차고 달달했다.

　이 모든 것이 책을 읽고 공부할 수 있어서였다. 책이 있고, 쓰고 싶은 정서가 있고, 그리고 브리즈번의 롱블랙이 있어서 가능했다. 이 글도 'St Coco Cafe'에서 밖에 드넓게 보이는 산

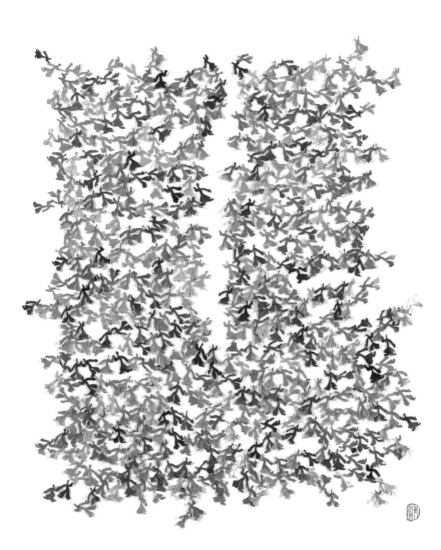

과 구름을 시시때때로 보며 쓰고 있다.

만약 책이 없고 공부하고 싶은 것도 없이 그저 눈으로 보는 풍경만을 즐기려고 했다면, 매일 오전 시간을 이런 행복으로 꽉 채우진 못했으리라.

보람차고 꽉 찬 일상으로 온전히 거듭나고 싶다면 책을 읽고, 정약용의 말처럼 "목적 없이 공부를 시작해 보라."고 권하고 싶다.

떠나면 하고 싶은 것들이 생긴다

"자유로운 시간을 만들어 써야지!"

이렇게 다짐하며 이곳 브리즈번을 왔는데 11주간의 생활 뒤 결론이 조금 달라졌다. 돌아가서 꼭 하고 싶은 일들이 많아졌다.

'해야~' 또는 '해~'가 아니고 그저 하고 싶어졌다. 꼭 필요해졌기 때문이다. 풍요로운 내 삶을 위해서 말이다.

첫째가 영어다. 영어를 잘 못해서 학부모 상담에 어려움을 많이 겪었다. 오히려 아이가 더 잘 설명하고 도와주었다.

아이와의 소통을 위해서라도 한국으로 돌아가면 영어를 시작하고 싶은 강한 동기 부여를 받았다.

두 번째는 요리다. 도시락을 매일 준비하고 제한된 음식 재

↳ 멀리 떠나면 자신에 대한 열정이 다시 생긴다.

료로 식사 준비를 하면서 요리의 한계도 느끼게 되어 식재료를 잘 다루고 싶어졌다.

앞으로 아이와 소통을 잘하고 내가 풍성하게 살아가기 위해 배우고 싶은 것이 많아졌다.

집에서 멀리 떠나와 보니, 변화와 성장을 위해 하고 싶은 것이 많아진 것이다. 잘 살아 내고 싶은 내 삶의 아름다운 열정들이 살아났다. 그리고 내년 여름 이곳에 다시 와서 나는 다시 느껴지는 정서를 적어 내려가고 싶다.

이런저런 관계들 때문에 마음이 어렵다면, 하고 싶은 것이 무엇인지 모르겠다면, 내가 가고 있는 길이 맞는지 강한 의문이 든다면, 당신이 생활하고 있는 곳에서 최대한 멀리 떠나보라고 권하고 싶다. 자신에게 소중한 것이 더 잘 보일 수 있도록 말이다.

먼 곳에 오면 우선은 자신에 대해 겸손해진다. 그러므로 성장 가능성을 가득 안고 다시 삶의 터전으로 돌아갈 수 있다.

먼저 앞서가는 부모

한국에서 떠나오기 전 브리즈번으로 택배를 부치는 일이 즐거웠다. 아이의 책과 내 책을 골고루 섞어서 넣었는데, 나는 주로 교육서와 융의 책을 선택했다.

국제택배 EMS는 너무 비싸서 일반 택배로 부쳤다. 우리가 도착한 지 3주가 지나서야 겨우 받아볼 수 있었다. 도착한 책들을 방구석에 요기조기 꽂아 두니 이제야 아이와 나의 보금자리같다.

아이를 학교 안으로 들여보내고 혼자 브런치를 하는 이 재미에 나는 푹 빠져 있다. 이 시간에 책도 보고 글도 쓴다. 그림을 그리는 나로서는 아이를 키우면서 아쉬운 점이 있었다. 그것은 어느 시간 어느 장소에서나 손쉽게 그림을 그릴 수 없다는 것이었다.

그림을 그리는 것은 아무 곳에서나 도구를 펼칠 수가 없었고, 아이가 수업하는 동안 5살부터 나는 마냥 기다리는 인생을 선택했다. 스스로 그렇게 해야 한다고 생각하면서 말이다.

주입식 교육이 아니라 토론하는 방식의 수업을 내 아이가 접하길 바라는 마음에, 교육기관을 선택할 때 가까운 곳 우선이 아니라 방법과 철학이 맞는 곳을 선택하다 보니, 멀리 있는 곳이기 일쑤였다. 그곳까지 데려다주어야 하고 픽업해야 하는 처지가 되고 말았다.

그림 그리는 나는 그때부터 길 위에서 머물러야 하는 시간이 많아졌다. 이 아까운 시간을 놓치기 싫어 책을 읽기 시작했고, 어느새 늘 책과 함께하게 되었다. 그랬더니 내 삶에 새로운 일이 일어났다.

대기하는 시간이 어느새 느긋하게 즐길 수 있는 나만의 티타임이 되었다. 그리고 글 쓰는 작가가 되었다.

확실한 한 가지는, 자신의 기준을 가지고 늘 자신과 토론하며 가는 길에는 의미 있는 일이 일어난다는 사실이다. 조금 외로운 시간이 될지라도 그 외로움은 자신을 깊이 있는 영혼으로 거듭나게 도와준다. 그리고 치유의 힘을 발휘한다.

요즘 대치동 교육에 대한 편견이 많다는 걸 느끼는데, 대치동은 그저 조금 더 나은 교육 환경을 원하는 부모들이 많이 모인 곳일 뿐이다. 대치동 스타벅스에서 매주 마주하는 부모님들과 학생들 모두 열정 온도가 높다.

대기하는 그 시간 부모님들의 독서 열정도 대단하다.

내가 보고 느끼는 것 또한 편견일 수 있지만, 대치동을 주입식 학원으로 아이의 등을 떠미는 극성 부모의 집단으로만 치부하지 않았으면 한다. 일부의 행태가 그곳을 대표한다는 듯이 가볍게 말하면 안 된다. 어느 지역 어떤 곳에서도 그런 사람들은 똑같은 비율로 존재한다. 넘치는 열정이 있고 과한 방향이 있듯이 말이다.

중요한 건 그 환경에 어떻게 대처하고 자신은 그곳에서 어떻게 하고 있는가이다.

자식을 키우고 교육시키고 올바른 인격으로 성장시키는 방법은 개인이 정할 수 없는 복잡한 시스템으로 구성되어 있다. 주입식으로 등 떠미는 부모가 아닌, 공부하는 즐거움을 알게 하는 모범으로서 부모가 먼저 그 길에 들어서기를 진심으로 바란다.

아이를 픽업하면서 기다리는 시간이 나를 일깨워 줬고, 나를 성장시켜 주었다. 아이와 함께 고민하고 아이와 함께 시간을 보내면서 나는 ISBN(국제표준 도서번호)이 있는 저자로 거듭날 수 있었다.

아이의 스케줄에 힘들거나 아이를 케어함에 어려움이 많다면, 엄마 스스로 공부하는 방법을 찾아보자.

제대로 공부해서 아이를 인도하자.

제대로 식사 준비해서 아이를 건강하게 키워 보자.

제대로 모범을 보여 주어 잔소리가 아닌 실천하는 부모가 되어 보자.

그리하면 아이를 키우면서 부모인 우리도 성장하고, 어느새 성숙해 있는 자신을 발견할 수 있게 될 것이다.

다른 사람들과 똑같은 시간으로 자신을 몰아세우지 말고 스스로 '배움의 즐거움'에 빠져 있는 부모가 되어 보자.

브리즈번에서의 브런치

"아이의 도시락을 싸고 아이의 아침을 먹이면서 허겁지겁 아침 커피를 마시지 말자."

"아이의 오전 일과를 모두 마치고 하늘이 가까워 보이는 곳에서 브런치를 하자."

아침 브런치가 풍성하려면 나만의 무엇인가가 있어야 한다. 좋아하는 책을 읽든, 잠깐의 스케치를 하든, 글을 쓰든, 상상력 가득하게 풍경을 즐기는 감성에 빠져보든, 그 무엇이라도 하나는 준비해야 한다.

어떤 시간도 그것을 완성하는 것은 자신의 정서적 취향이다. 당신의 열정 온도를 높이고 싶다면, 삶이 충만으로 살아지는 것 같은 의욕을 갖고 싶다면, 좀 더 멋진 자신으로 거듭나고 싶다면 흥미 있는 새로운 것에 도전해 보자.

브리즈번 브런치 ↵

그동안 시도해 보지 않았던 것이라면 더욱 좋다. 그리고 그
것을 기록해 보자. 기록은 나의 삶을 돌아보게 해 줄 뿐만 아
니라, 쓰는 즐거움이 당신을 일으켜 세워줄 것이다.

열정도 가져 보자. 열정의 온도는 나를 일으켜 세워 주는 힘
이 된다. 그 열정의 온도는 정서적 메마름에서는 절대 타오르
지 않는 특징이 있다. 자신의 정서를 메마르지 않도록 하는 것
이 첫 번째이다.

나는 브리즈번에 와서 아침을 잘 다루는 습관을 배우게 되었다. 아이가 어린 탓에 오전 시간을 온전히 내 것으로 하지 못하면 그날 하루 아무 것도 할 수 없는 환경적 요인도 작용했을 것이다.

많은 부모에게 조용히 혼자만의 시간을 충분히 즐기길 권한다. 혼자 있는 시간은 자기 성장의 첫걸음이니 말이다. 어떤 것을 해도 우리는 읽고 깨닫고를 끊임없이 반복해야 한다. 깨달음을 얻기에 이른 아침은 너무나 좋은 시간이다.

브리즈번에서 나는 읽고 쓰며 혼자 사색하는 시간을 많이 가졌다. 이 힐링의 시간이 나를 이처럼 위로해 줄은 몰랐다.
브리즈번에서의 브런치는 롱블랙 한 잔과 빵 한 조각, 그리고 책 한 권으로 충분했다. 이 순간은 힐링이었고, 매일 나에게 주는 행복한 시간이었다.

주부와 살림에 대한 생각

한 집안을 살려내는 것이 '살림'이라고 생각한다. 살림하는 사람은 '주부'다. 살림은 주부가 "사람을 살아 내게 하는 일"이다.

살림하는 사람은 자신의 몸을 잘 돌보아야 한다. 한 집안의 건강을 책임지는 주치의가 "오늘은 아프니 쉬겠습니다."라고 한다면 큰일이니까 말이다.

또한, 주부는 가족의 건강을 책임지는 영양사이기도 하다. 그리고 가족이 함께 나누기도 하지만 살림의 총괄자이다. 좋은 총괄자는 스스로 할 줄 알면서도 잘하도록 구성원들을 이끄는 사람이다.

아이 도시락을 매일 준비하면서 느끼는 게 많았다. 살림하는 사람은 요리할 때 자신의 철학을 담는 방향으로 가는 게 좋

브리즈번 시티 cafe

겠다.

우리가 먹는 음식을 다룰 줄 안다는 것은 참으로 멋진 일이다. 낯선 음식 재료를 만지며 매일 도시락을 싸야 하는 나는, 한국으로 돌아가면 요리를 배워야겠다고 마음먹었다. 나는 먹는 것에 대해 제대로 요리하고 싶어졌다. 요리를 배운다는 것은 세상의 어떤 학문보다 가치가 있다는 생각이 들었기 때문이다.

앞으로 이런 사람이 꼭 되고 싶다.

우선은 식재료를 다룰 줄 아는 사람, 그리고 매일 침대를 정갈하게 정리하고 깨끗하게 청소하는 사람, 여유로움을 주는 차를 매일 준비하는 사람.

〈빨강머리 앤〉에서 말릴라 아주머니가 매일 하는 것이 사람을 살려내는 '살림'이었다. 그리고 앤에게 잘 살아가는 방법을 가르쳐 주었다. 말릴라 아주머니가 앤에게 살아가는 법을 가르쳐 주듯, "엄마라는 존재는 잘 살아내는 방법을 가르쳐 줄 의무가 있는 사람이구나"라고 생각했다.

나는 오늘도 브리즈번에서 살아 내는 일을 하고 있다.

아리스토텔레스의 '소요'

그리스 철학자 아리스토텔레스는 '소요학파'를 형성했는데, 여기에서 소요의 뜻은 "자유롭게 이리저리 거닐며 돌아다닌다"는 뜻이다. 이 말처럼 아리스토텔레스는 실제로 이곳저곳을 '발'로 돌아다니며 제자를 가르쳤다고 한다,

스탠퍼드 대학 연구진들은 "걷기가 창의성을 60% 증진시킨다"고 발표했다. 여러 연구 결과를 통해서 우리는 알 수 있다. 인간의 몸은 움직여야 좋은 산소가 유입되고 뇌에 긍정적인 영향을 미치며, 결과적으로 창의적이고 젊고 긍정적으로 살 수 있다는 것을.

아침에 몸을 일으키는 일이 힘겨워졌다면, 혹은 사는 일이 시들해져 자기 삶의 패턴에 기대감이 없어졌다면 한 번쯤 짐을 꾸려서 먼 곳으로 떠나보라.

아리스토텔레스의 소요
∨∧∨

아이가 어리다면 더욱더 아이와 엄마가 함께 짐을 꾸려 떠나보자.

기존 생활방식에서 밖으로 빠져나오면 아이도, 엄마도 좋은 영향을 받을 수 있다. 자유로운 하늘을 만끽하며 자유로운 정서를 맛본 우리는 다시 살던 집으로 돌아갔을 때 좀 더 여유로운 자아가 된다.

우리는 몸을 움직여야 하고 걸어야 한다. 쉼 없이 여정을 생각해야 하고, 자신의 프레임을 다시 짜야 한다.
짧은 기간의 여행이라도 우리 뇌에 신선한 산소를 공급해주기에 충분하다. 조금 긴 기간의 여행이라면 정해진 패턴을 깨고 신선한 프레임을 짜서 돌아올 수 있을 것이다.

두려워하지 말자. 떠나자. 우리 자신에게 자유로운 '소요시간'을 주자. 그것만으로도 우리의 몸과 정신은 정서적으로 따뜻하고 신선해질 것이다.

아이를 위한 특별한 선택

더팜 초원 드넓은 곳에서 아이는 뛰어놀고 있다. 함께 온 지은이 부모님이 햇살 아래 나란히 서 있다. 그 모습이 참 아름답다.

  이분들은 아이들이 중학생 때 함께 호주에 왔다. 그리고 오랜 세월 이곳에서 아이들의 교육을 위해 많은 시간을 바쳤다. 그러면서도 늘 자기 성장을 위해 노력하였고, 마음의 성장과 지적 성장을 이루고 있었다.
  아이들은 기품 있고 인성 좋게 자랐다. 자기 정체성이 뚜렷한 글로벌 인재가 됐다.

  하루 시간은 누구에게나 똑같이 주어진다. 그 시간에 우리는 어떤 것을 선택할지 스스로 결정해야 한다.
  지은 어머니는 상담을 전공하였으며, 현재 유학상담을 하고 있다. 현지의 생생한 정보와 이야기들을 진솔하게 들어볼 수 있다. 먼저 아이를 훌륭히 키워낸 분이니, 호주 브리즈번의 유학상담을 원하면 언제나 통화할 수 있다.

상업적 목적이 아닌, 자식을 위해 선진적 교육을 주도해 보신 지은이 어머니에게 나도 많은 조언과 도움을 받았다.

더팜에서 본 두 분의 모습은 참 아름다워 보였다. 한 세월을 한 가지에 집중하며 함께 세월을 보낸 부부는 그 자체로 멋진 삶이다. 아이들이 성장한 지금, 이제 두 사람은 제2의 성장을 하기 위해 준비하고 있다.

바이런 베이는 대단한 절경이 준비돼 있었다. 정말 감동하고 감탄했다. 그런데 오는 길에 문득 소가 풀을 뜯고 있는 한적한 모습에 반하고, 그 잠깐의 광경에 끌려 들어간 더팜. 그곳에서 해가 질 때까지 함께한 모두는 해가 지는 풍경과 고즈넉한 모습에 넋을 잃고 말았다.

그 순간 자신의 고단함도 토닥이고 타인도 따뜻하게 볼 수 있는 여유를 가질 수 있었다.

우리의 삶도 때로는 목적한 곳보다 계획하지 않은 곳에 머무를 때 더 행복하다.

아이들을 위한 선택

목적한 곳에 가지 못했다고 너무 아쉬워하지 말자. 내가 계획하지 않은 더욱 근사한 목적이 있는 게 삶이기도 하니까.

이것이 더팜의 하늘이 내게 준 생각이다.

브리즈번 언더우드 집 적응기 7주 차

브리즈번에 온 지 7주가 되니 조금씩 적응도 되고 이제 주변 환경이 낯설지 않다.

늘 마트에 가면 장을 보기 바쁘고 매일 은근히 하루가 빨리 지나갔는데, 이제 조금 시간이 내 손에 잡히기 시작한다.

↘ 마트에서 쉽게 구입할 수 있는 꽃과 과일

7주 차에 마트에 가서 어느새 입구에서 꽃을 고르고 있는 여유까지 생겼다.

꽃대가 굵고, 신선하고, 싱싱하다.

꽃을 가득 사서 집에 돌아와 꽂아 두니 이제 내 집같은 편안한 풍경이 되었다.

한국 집으로 돌아가면 내가 좋아하는 델피니움을 제일 먼저 사서 꽂아 두며 이곳을 그리워할 것 같다.

지금 이곳에서는,

한국의 내 집이 참으로 그립다.

엄마와 창업 이야기

요즘 자존감을 높이는 주제로 '엄마와 창업'을 많이 잡곤 한다. 과연 엄마의 창업만이 자존감을 높여주는 걸까?

　엄마는 한 집안의 연구자다. 엄마라는 다양한 역할을 척척 해 내는 일이야말로 제대로 갈고 닦으면 자신만의 브랜드로 다시 태어날 수 있는 길이라고 생각한다.
　그 자리, 그 모습 그대로의 자신을 인정하지 않은 채 진행한 창업은 실패로 이어질 가능성이 많다.

　엄마는 이미 위대한 역할을 맡고 있다. 그 위대한 역할 안에서 개성 있게 자리 잡은 자만이 특별한 창업이 가능하다고 생각한다.

　"나는 엄마가, 주부가 적성에 안 맞아서 창업하려고요."

이 말은 최선의 노력을 하지 않았다는 반증이다.

어렵지만 나름의 스타일로 엄마로, 주부로 다시 태어나 보자. 그래야 다른 꿈도 성공할 수 있다.

브리즈번이 좋다

호주에 와서 보낸 11주 동안 브리즈번과 멜번에서 지냈다.

멜번은 여행 속의 또 다른 여행지, 브리즈번은 여행 속의 집 같은 느낌이었다. 꽤나 낭만적인 여정이다.

이번 11주간의 특별한 여행은 아이 때문에, 좋은 인연 덕분에 떠나 올 수 있었는데, 이곳에 와서 보니 나는 '브리즈번'이라는 말이 좋다.

호주가 아니라 브리즈번이 훨씬 더 좋다. 낭만적이고 꿈이 있어 보이기 때문이다.

날씨가 좋아서 그런 건가? 정이 든 걸까?

대한민국 부산에서 자란 나는 서울에서 학교를 다녔고, 지금도 서울에서 아이를 키우고 있다.

세계 여러 나라를 다녀 보았지만 이렇게 길게 머물러 본 곳

브리즈번이 좋다 ↙

은 일본 외에는 없다. 그래서 그런 것일까? 브리즈번은 왠지 제2의 고향처럼 넉넉하고 후하다. 인심 좋은 마음의 고향 같다.

아이를 픽업해 가는 도로 위의 차 백미러, 보이는 구름이 나에게 말한다.

"아직 너의 감성과 사랑은 아름답고 섬세해. 괜찮아."

브리즈번에서 나는 어린 날의 〈빨강머리 앤〉을 만날 수 있었고, 빌리조엘의 〈피아노 맨〉에 심취할 수 있었고, 내 작업의 인연을 사랑할 수 있게 되었다. 자존감을 올릴 수 있었고, 한국의 내 집을 소중히 여기게 되었다.

사랑하는 남편이 내 인생의 동반자로 든든하게 자리 잡고 있었음을 떠나와서 더욱 크게 느낄 수 있었다.

브리즈번, 풍수를 아는 사람이 있다면 이렇게 말하리라.
"수맥이 흘러요, 꿈을 찾을 수 있는 수맥이요."

마음이 지친 분들에게 말하고 싶다.
"브리즈번, 좋아요!"

● 브리즈번 여행 멘토 박정혜 선생님 email : Jeye20@hanmail.net

인연을 만드는 작업

나의 그림 작업 주제는 오랜 시간 '인연'이었다. 지금도 인연의 작업을 하고 있다.

어느 한 사람을 만나게 되면 우리는 그 사람의 생각과 상황에 많은 영향을 받기도 하지만, 반대로 자주 만나면서도 거의 영향을 받지 않기도 한다.

영향을 많이 받는 경우, 우리는 "합이 잘 맞네"라고 표현하곤 한다. 좋은 인연은 자신을 좋은 곳으로 인도한다.

내가 지도했던 '지은'이와의 인연은, 지은이가 멜번대학교라는 조금 더 넓은 곳에서 작가의 꿈을 꾸게 했고, 나를 아름다운 브리즈번으로 아이와 함께 오는 계기를 만들어 주었다.

하늘이 가까워 보이는 이곳은 어린 날 내가 가졌던 감수성을 소환했고, 나답게 살아야 하는 것이 어떤 것인지 알려 주었다.

three
blue
ducks.

entry

인연은 예기치 않게 이어진다.

오랜 시간 연을 맺어 왔다고 인연은 아니다. 짧은 만남이지만 서로에게 좋은 변화를 줄 수 있다면 '좋은 인연'이다. 지은이 어머님이 나의 여정을 챙겨 준 마음은 참 정성스럽고 배려가 깊었다.

당신에게 좋은 인연이 지금 있는가?
당신은 지금 누군가에게 좋은 인연인가?

영향을 주고받는 일은 자기 삶의 열정 온도가 올라가는 일이다. 반드시 힘든 일만이 우리들의 열정 온도를 올리는 것은 아니다.

이 글을 읽는 당신과 이 글을 쓰고 있는 나도 '작은 인연'이라고 말하고 싶다.
아이를 데리고, 혹은 혼자 훌쩍 떠나고 싶다면, 브리즈번으로 떠나고 싶다면, 아는 만큼은 좋은 인연으로 인도해 주고 싶다.
이 책이 당신에게 '좋은 인연'의 역할이 될 수 있길 바란다.

브리즈번 집에 있는 트램펄린

렌트한 집 정원 마당에 '트램펄린'이 있다.

방방장에서 노는 것을 좋아하는 우리 아이는 집으로 돌아올 때마다 엄마를 재촉한다.

그리고 도착했을 때, 신나게 뛴다.

하늘이 가까운 마당에서.

그렇다면 한국의 우리 집이 내 아이에게 매력적인 것이 무엇일까?

나이에 맞는,

정서에 맞는,

아이의 눈높이에 맞는,

무엇인가가 있는,

그런 집을 갖추어야 함을 배웠다.

아이가 항상 뛰노는 트램펄린 ↙

집으로 돌아가면 제일 먼저 사고 싶은 것

한국에 돌아가면 제일 먼저 델피니움 꽃을 사서 서재 방에 꽂아 놓고, 아이와 나의 여행기를 회상하며 여기 이곳을 즐기고 싶다.

이맘때쯤 오고 싶은 고향 같은 장소가 생긴 기분이다.
가족이 일본에 체류하면서 덕분에 일본에 오랜 시간 머물렀던 기억은 있지만, 고향 같은 기분을 느껴본 적은 없었다.

개인의 정서를 움직이는 포인트는 사람마다 다르다. 나를 움직이는 포인트는 하늘이었고 바람이었고 먼 거리였음을 알게 되었다.
나는 요란한 상점을 좋아한 것이 아니다. 나는 모양이 예쁜 케이크를 선호한 것이 아니다.
나는 맛있는 롱블랙을 위한 케이크를 좋아했던 거다.

하늘이 머리 위에 가까이 있는 곳, 바람이 맑은 곳에서 내가 좋아하는 책을 읽고 느긋한 시간에 글을 쓰는 것. 내가 좋아하는 것들이었다.

롱블랙 한 잔, 오전에 혼자 먹는 브런치가 있어 세상이 모두 아름답게 비친다. 한국에 돌아간다면 이 시간이 그리워 델피니움의 하늘거림을 더욱 좋아하게 되리라.

집으로 돌아가면
제일 먼저 델피니움
꽃을 사고 싶다.

즐거운 침구 바꾸기

도착했던 집은 생각보다 좋았다. 사진 속에서나 볼 수 있는, 하늘을 정원으로 하는 대저택이다.

원래는 2층을 빌린 줄 알았는데 와서 보니 1층을 써야 했다. 다른 한 집이 거주하고 있는 집이기도 했다. 안전하고 마음에 들었다.

11주간을 아이와 함께 보낸다는 생각에 과감하게 침구를 바꾸기로 했다.

그다지 까다롭지 않은 나였지만 알록달록한 무늬에다 여러 사람이 같이 사용하던 것을 쓴다는 것이 무엇인가 편하지 않았기 때문이다.

가까이에 이케아가 있어서 원하는 색의 침구를 사와 지금 계절에 맞는 가벼운 솜을 넣어서 직접 만들어 보았다.

여행지의 침구를 바꾼다고 생각하면 낭비라고 생각할 수도 있지만 바꾸어 보니 매우 잘한 일이라는 생각이 들었다.

어느새 나다운 생활공간으로 바뀌어 있었다. 램프 하나를 사서 배치해 놓으니 방이 푸근한 안식처로 변신했다.

나는 역시 시각적인 사람이란 것을 다시 한번 느끼게 되었다.

알록달록한 침구를 쓰지 않는다는 것, 조도를 잘 맞추어 생활하는 습관, 나름대로 자기 유형으로 환경을 변화시키려고 하는 것. 그것이 바로 나다.

고민해서 바꾼 침구로 11주간이 행복했다.

토요일 오전 7시

금요일까지 도시락을 세 가지로 나누어 싸는 분주한 아침을 보내다가 토요일이 되면, 정말 고요한 꿀맛 같은 오전을 맞이한다.

전날 9시가 되기 전 잠드는 탓에 토요일도 6시가 되기 전에 눈을 뜬다. 일어나자마자 빨래를 돌려놓는다. 브리즈번에 와서 생긴 습관 중 하나로, 샤워하고 외출 준비를 마치고 나면 빨래를 먼저 널어놓는다. 바람과 햇빛이 좋은 이곳은 빨래한 옷이 정말 잘 마른다.

테라스에 빨래를 널고, 커피를 내려 한잔 마시며 하늘을 바라보고 있는 이 시간. 나의 지친 마음과 모든 헛된 마음을 편안하게 내려놓을 수 있도록 해주는 아침이다.

오늘은 유난히 고요함이 짙다. 일본에 사는 남동생과 한국에 사는 사촌이 와서 며칠 지내며 관광도 했다. 식구들이 북적북적이다 어제 돌아가고 나니, 오늘 아침 시간이 온전히 나에게 평화롭게 다가온다.

11주간 아빠와 떨어져 지내는 내 아이는 종종 이렇게 말한다.

"아빠가 최고야. 나랑 제일 잘 놀아줘. 여기는 다 좋은데 아빠가 없어서 안 돼, 그치?"

어른들의 감정은 직관적이지만 자신의 내부에서 걸러지지 않는 감정을 두려워하기도 하고, 그것을 밖으로 드러내면 마치 민낯을 들킨 것처럼 불편해하기도 한다. 그러나 아이들의 이야기를 가만히 듣고 보면 틀린 말이 없다.

11주간 이곳 프랩 단계를 경험해 보니, 시스템이 아이들에게 잘 맞추어져 있다는 것을 느꼈다.
학교 선생님들은 행정으로부터 자유로우니 아이들에 대한 전폭적인 케어가 잘 이루어지고 있고, 선생님들의 권위는 살아 있었다.

아이들에게 공부의 양과 스킬보다는 태도와 매너, 방법을 가르치는 교육 시스템이었다.

한국을 떠나 있는 시간 동안 아이가 선진적인 곳에서 공부한다는 것이 좋다는 생각이 들었고, 매우 매력적이었다.

그런 생각이 들 때쯤 아이의 말은 나를 일순간에 일깨웠다.

"엄마, 아빠가 없어서 안 되겠어. 그치?"

부모가 자식을 교육할 때 가장 중요한 것은 부모가 삶을 대하는 방법이라고 생각한다. 부부가 함께하며 아이의 교육을 같이 고민해야 한다.

우선 정서적 측면에서 엄마 아빠가 함께 나갈 수 있으면 좋을 것이다. 아이 또한 기질적으로 위축감을 느끼지 않아야 하고, 자신의 정체성을 고민하지 않는다는 판단이 내려져야 한다.

아이 교육을 위해 장기간 아빠와 떨어져 있는 환경을 2년 이상 만드는 것은 그 후에 아빠와의 감정적 괴리들을 떠안아야 하는 문제점이 반드시 발생한다.

각자 가정마다 상황은 다르고, 아이들의 기질 또한 다르다. 그러니 중학교 3학년 이전에 유학을 선택할 때에는 반드시 아이의 기질을 파악하고, 현지에서의 경험이 있는 인지상담이 가능한 사람과 많은 대화를 나누고 선택하는 것이 바람직하다.

여행을 떠나온다는 것은 이국적인 곳에서 내 마음이 마음껏 상상의 나래를 펼칠 수 있다는 것이다. 내 마음대로 자유로우니 좋다. 그리고 정해진 기간이 나의 아쉬움을 재촉하니 돌아가기 전 일상이 더 아름답게 느끼도록 만들어 준다.

오전에 빨래를 널고 커피를 마시며 하늘을 보고 마음을 써보는 이 시간이 소중하고 아름답다. 그리고 이 여유의 시간이 나를 성숙한 사람으로 성장시켜 준다.

행복을 위한 공부

학교에 입학하기 위한 공부가 아니라, 자신을 살리고 다른 이를 살리는 행복을 위한 공부를 시작해 보자.

45세가 넘은 당신이라면, 당신이 부모라면, 학교에서 배운 것이 아닌 진정한 공부를 다시 시작하기를 권유한다. 독서와 공부는 공허한 당신의 삶을 다시 일깨워 줄 것이다.

인간은 태어나면서부터 뛰어난 지식이나 역량을 갖추는 것이 아니다. 스스로 끊임없이 발전해 나가는 존재이다.

진정한 공부를 위해 떠나는 여행이라면 온전히 그곳의 자유로움을 느낄 수 있을 것이다. 살아갈 지혜를, 그리고 따뜻하게 세상을 살아갈 낭만을 갖고 오게 될 것이다.

브리즈번의 7월, 언더우드 이곳은 당신에게 편안하고 휴식 같은 여행을 제공할 수 있는 곳이다.

돌아갈 집이 적당히 그리워지는, 그리고 자연이 너무 아름답고 사람이 살기에 너무 좋은 날씨라서 다시 돌아오고 싶어질 것 같은 그런 곳이다.

관광지를 쇼핑하듯 다니는 여행이 아니라, 운치 있는 곳에 두 번 이상 가서 자신의 시간을 충분히 만끽하는 기회를 가져보길 바란다. 그곳에 책과 커피가 함께 할 수 있다면 더욱 낭만적이다. 행복이 그곳에 있다.

나는 브리즈번에서 내가 왜 공부하고 싶어졌는지, 책을 왜 그렇게 읽고 싶었는지, 왜 그렇게 글이 쓰고 싶은지, 내 인생 처음으로 모든 고민을 접고 11주간의 행복한 여행을 만끽할 수 있었던 건지에 대해 답을 찾을 수 있었다.

그건 내가 스스로 성장하고 있음을 증명하는 일이었다.

나 스스로 공부하고 싶어진 그 자체는 무엇이 되기 위해서가 아니다. 내가 진정 의미 있는 인간으로서 거듭나기 위한 마음속 소용돌이를 잘 알아채고 실천했을 뿐이다.

그리고 실천할 수 있었던 힘은 그동안 그림을 그리면서 자신의 감정을 자연스럽게 노출하는 방법을 터득했기 때문에 가능했다.

아이에게 자신의 마음을 자연스럽게 노출할 수 있는 시간을 많이 주었으면 좋겠다. 그러면 아이들은 스스로 공부하겠다고 반드시 나서게 될 것이다.

↘ 자연 속에서 마음껏 뛰노는 아이들

나의 미래가 보이는 무의식

"나는 무의식이라는 것은 단순한 과거지사의 창고에 불과한 것이 아니라 미래에 일어날 수 있는 심적 상황이나 앞으로 떠올리게 될 씨앗을 품고 있다는 사실을 알아냈다.
나는 이러한 것을 알아낸 덕분에 심리학에 대해 새로운 접근을 할 수 있었다. 일상생활에서 우리가 만나는 딜레마가 전혀 예기치 못했던 새로운 아이디어로 아주 손쉽게 해결될 때가 종종 있다.
바로 이 때문에 많은 예술가, 철학자, 그리고 심지어는 과학자들까지, 무의식에서 솟아오르는 영감을 통해 놀랄 만한 업적을 이루어내는 경우가 종종 있는 것이다."

_ 카를 G. 융 『인간과 상징』 중에서

융은 그 증거로 두 과학자를 소개했다. 한 명은 철학자 데카르트다. 그의 '신비적' 체험은 한순간에 '모든 과학의 질서'를 깨닫게 되고 마는 돌연한 계시와 관련이 있다고 소개한다.

두 번째는 영국의 작가 스티븐슨의 실제 경험담이다. 스티 븐슨은 자신이 갖고 있던 '인간의 이중성에 관한 강한 느낌'과 맞아떨어질 이야기를 찾기 위해 수년을 보내던 중, 꿈속에서 '지킬박사와 하이드씨'의 줄거리를 계시받았다.

일상생활 속에서 우리가 해결할 수 없을 것 같은 딜레마가 많다. 그것은 우리의 삶을 고달프게 하고, 이성적이고 합리적 인 언어로 해결이 안 될 때가 많다. 그때 문득 어려운 문제를 해결할 수 있는 신선함이 우리 안에 있다는 사실은 너무 낭만 적이다.

구스타프 융이 말하는 '무의식'에 대한 글은 얼마나 희망적 인가?

낭만적인 해결책을 찾고 싶다면 브리즈번을 추천하고 싶다.

하늘과 가까워 보이는 이곳에선 자신 안에 잠재워 두었던 무의식의 긍정에너지가 반드시 발현될 것이다.

너무 멀리 떠날 수 없다면 가까운 곳의 낯선 공간이라도 좋 다. 마음이 가라앉고 일이 어려울 때 지금 있는 그곳에서 답을 찾기란 너무나 어렵기 때문이다.

좋은 인연이 좋은 곳으로 인도하다

좋은 인연은 사람을 좋은 곳으로 인도해 준다. 내가 지은이의 졸업작품전을 함께 준비해 줄 때만 해도 지은이네가 사는 이곳 브리즈번으로 11주간이나 오리라고는 꿈에서조차 생각하지 못했다.

계절이 멋지고 사람을 살려 주는 자연환경을 가지고 있는 브리즈번은 축복 받은 도시임에 틀림없다. 호주에서도 조금 아프거나 건강이 안 좋은 사람들은 브리즈번으로 많이 이주해 온다고 한다.

한국에서 비행기로 10시간 넘게 꼬박 걸리는 호주 브리즈번. 그러나 마음과 몸이 지쳐 있는 누구라도 이곳에선 다시 삶의 건강한 정신과 몸을 되찾을 수 있으리라는 생각이 든다.

정말 지금 힘든 시간을 보내고 있다면 시간을 내어 브리즈번으로 여행을 계획해 보시라. 이곳 브리즈번에서 당신이 찾을 수 있는 마음의 정서는 분명 충분할 것이다.

아침에 눈 뜨면 펼쳐지는 하늘의 색과 롱블랙 coffee, 그리고 어느 곳으로 발걸음을 옮겨도 만나는 낭만적인 풍경. 그 모든 것이 최고의 여행 친구가 되어 주는 곳이다.

나는 내 나이 쉰이 되어서야 11주의 긴 살이 여행을 해 보았다.
그것도 온전히 나만을 위한 휴식은 아니었지만, 11주간의 브리즈번 생활은 자연이 주는 선물 같은 환경과 자연스러움을 추구하는 문화가 어우러져 너무 멋지고 마음이 힐링되는 행복한 여정이 되었다.

그림이 아닌 글을 선택한 이유

그림 그리기와 글쓰기는 다르다.

지금 보는 느낌을 그림으로 그린다면 매우 편하게 작업에 훅~ 하고 들어갈 것 같다.

글을 쓴다는 것은 늘 노력해야 하고, 다시 읽어보아야 하고, 수정해야 하고, 끝까지 좋은 언어를 찾아야 한다.

처음 출발은 그림과 글이 같다. 솔직한 나만의 잣대로 술술 표현하면 된다. 그림은 그것으로 좋다. 그런데 글은 나의 얕은 가치관을 여실히 드러내고 수준 낮은 문장 실력을 그대로 보여 준다. 다시 읽어보고, 또 읽어보고 수정해야 한다.

나는 그림으로 정서를 표현하는 사람이다. 첫 스타트는 쉽지만, 끝까지 좋은 표현을 찾아 완성도를 높이는 일은 힘든 작업이다.

그림을 그릴 때는 시간을 끊어서 작업하기가 어렵다.

글을 쓸 때는, 내가 잘 쓰지 못해서인지 어느 시간 어느 곳에서나 가능하다. 그래서 나와 글이 잘 맞는다고 생각한다. 더욱이 책을 읽는 것은 아무런 구애를 받지 않는다.

나는 브리즈번에서에서 11주 동안 쓰고 읽는 공부를 선택했다. 아무런 구애 없이 즐기고 힐링하고 싶어서 말이다.

나는 11주 내내 매일 읽고 썼다. 매일 일기를 쓰듯 말이다.

매일 글을 쓰다.

빨강머리 앤이 나타나다

아이 담임선생님이 나에게 'English name?' 하고 물었다.

나는 '앤'이라고 대답했다. 맞다. 나는 이메일 이름도 '앤'으로 쓰고 있다.

영어 이름을 사용할 일이 없어서 묻어 두고 있었는데, 나는 어린 시절 텔레비전에서 〈빨강머리 앤〉을 보며 앤과 친구 다이애나와 함께 지낸 시절이 있었다.

어른이 되어서도 좋아했던 〈빨강머리 앤〉이기 때문에, 고민도 없이 나는 Ann이란 이름을 지었다.

어린 시절에는 지금처럼 다시보기가 가능하지 않아서, 늘 같은 시간을 기다리며 보았던 〈빨강머리 앤〉. 그 후로 오랜 세월이 지나 책으로 가끔 읽기는 했지만, 어릴 적의 만화로 다시 본 적은 없었다. 내 이름은 '앤'이라고 답하고 나자 나는 문득,

어린 날 보았던 만화가 다시 보고 싶어졌다.

"생활이 단순하다는 것은 정말 나에게 묻혀 있는 가치 있고 소중했던 시간을 소환시켜 주는 것일까?"

어렸을 때 본 만화를 찾아보았다. 옛날 그대로의 〈빨강머리 앤〉을 1편에서 마지막 편까지 볼 수 있었다. 보는 내내 너무나 흥분되고 좋았다.

〈빨강머리 앤〉을 다시 보면서 나는 내가 좋아하는 취향을 새삼 알게 되었다. 아름다운 풍경과 주인공의 서러움, 공상, 그리고 다이애나와의 우정. 지금 보니 나는 자기 삶을 주체적으로 끌어가는 공상 많은 앤에게 나 자신을 완벽히 투영하고 있었다.

어린 시절 텔레비전으로 보았던 〈빨강머리 앤〉을 다시 볼 수 있었던 시간이 나에게 잃어버린 낭만과 정서를 찾아주었고, 나를 알게 해 주었다.

나의 감수성에는 아무런 문제가 없었다. 그렇지만 어쩌면 어린 감수성이 살아 있어서 성인 감수성을 이해하지 못하는 삶이었을 수도 있다는 생각을 하게 됐다.

〈빨강머리 앤〉에 묘사된 풍경과 브리즈번의 풍경은 너무 신기할 정도로 닮아 있었다. 아름다운 자연풍경들, 그리고 '앤'이 말로 묘사하는 곳들이 브리즈번에 모두 있었다.

항상 구름이 머리 위에 너무 아름답게 떠 있는 이곳 하늘이, 현실적이지 않은 아름다움이 내 어린 날 〈빨강 머리 앤〉을 소환시킬 수 있었으리라.

참으로 감사하다. 오십이라는 나이에 어린 날의 감수성을 이해하고 삶의 깊이를 메마르지 않은 정서로 이해할 자신이 생겼으니 말이다.

꿈을 잃었다면,
낭만을 잃었다면.
갈 길을 잃었다면.

나는 진심으로 추천한다. 브리즈번으로 여행을 떠나보라고.

피아노 맨

브리즈번에 와서 가장 많이 틀어 놓은 곡은 〈피아노 맨〉이다.

빌리조 엘이 나이 들어 공연하는 중계를 틀어 놓고 글도 쓰고 빨래도 하고 요리도 했다.

하모니카 연주는 왜 그렇게 나의 마음을 움찔하게 했을까?

아마 내 나이 스무 살이 넘어 너무나 많이도 들었던 음악이라서 그럴 것이다.

우리에게 주어진 아름다운 날들은 오늘도, 내일도 흐르고 있다.

그저 오늘 주어진 지금을 내 마음 따뜻하게 잘 보낼 수밖에….

"Here and Now!"

Here and Now

급식이 없는 나라

호주는 급식이 없는 나라다. 모든 가정은 자녀가 고등학교를 졸업할 때까지 도시락을 준비해 주어야 한다.

7살 아이들은 과일 → 점심 도시락 → 오후 간식, 물. 이렇게 세 단계를 각각 준비해 주어야 한다. 호주에 와서 그 말로만 듣던 삼단콤보 도시락을 매일 싸야 했다.

그러다 보니 매일 마트에 가야 한다.

매일 장을 보고 식사를 준비하고 아이를 학교에 데려다주고 데려온다. 아이와 엄마는 종일 일체형이다.

모든 것이 아이 보호를 중심으로 돌아간다. 특히 한국에서 아이들을 데리고 온 엄마의 경우에는 모든 것이 아이에게 집중되어 있다.

아이의 성장단계에 따라 엄마의 성장도 필요하다. 아이가 성장하고 독립하고 성인이 된다면 엄마는 역시 성인의 엄마로의식 변화가 필요하다. 그렇지 않다면 독립적인 교육을 받은 아이와의 관계에서 엄마는 외로움을 느낄 것이다.

선진교육에 아이가 적응하고 변화하는 그 시간 속에서 부모도 함께 변화하고 성장해야 한다는 사실을 잊지 말아야 한다. 시간은 우리가 어떻게 지내왔는지 지금 현재의 모습을 민낯으로 보여 주니까 말이다.

유학이나 이민을 왔다면, 우선 언어가 되지 않으면 적응하기 힘들다. 변화할 수 없다. 성장하지 못하는 것이다.

그렇다. 소통하는 삶으로 사는 필수적인 것이 바로 언어이고 대화이다.

외국에서 아이와 공부하고 있는, 공부를 마친 부모세대라면 지금이라도 그 나라의 '언어'를 시작해 보기 바란다. 그것이 다른 사람과 소통의 문제만이 아니라 글로벌 인재로 자라는 자녀와 소통의 첫발이 되기 때문이다.

도시락을 매일 싸고, 마트를 매일 가며, 낯선 도로를 매일 다니다가도 아이가 학교에 간 후에는 반드시 내가 좋아하는 장소에서 3시간은 꼭 글을 쓴다. 글을 쓰며 하루를 열심히 전투적으로 보내고 있다.

매일 아침 잠자리에서 일어나 그날의 일과를 쉼 없이 꾸준히 해나가다 보니, 어느새 나는 변화에 잘 적응하고, 멀리 날아온 브리즈번에 꽤 적응을 잘하는, 조금 성장한 사람이 되어 있었다.

오늘도 나는 아침 일찍부터 도시락을 준비한다.

존 폴 커피차

브리즈번의 하늘은 유난히 내 머리 위에 맑게 떠 있다.

운전을 해도 차 백미러에 구름이 따라온다.

아이 학교에 가도, 가지 않아도, 하늘은 비현실적일 정도로 아름답다.

어렸을 때 나의 꿈을 심어 주었던, 잃어버리고 살았던 〈빨강 머리 앤〉 만화 속 하늘과 너무나도 닮아 있었다.

아이를 학교에 데려다주는 8시 20분쯤의 오전은 유난히 하늘이 더 맑다. 한국 시간으로 7시 20분이다.

아이를 데려다주고 내려오는 길에, 문득 향기 나는 트럭 한 대가 서 있다.

바로 커피차다.

5불을 내면 따뜻한 롱 블랙을, 존 폴 잔디의 맑은 하늘 아래 학교 벤치에 앉아 느긋하게 마시며 하루를 시작할 수 있다.

어떤 날 어떻게 오는지 모르지만, 그 커피차가 있는 날의 오전이 늘 기다려진다.

노점 커피차

아이의 성장과 엄마의 성장 사이의 갈등

존 폴 칼리지John Paul International College 프랩 단계 3텀에 오게 된 우리는 관광비자로 다음 4텀을 해도 좋다는 학교 측의 메시지를 받았다.

아이는 내가 예상한 것보다 적응을 너무 잘했고 학교 수업을 좋아했다.

다음 4텀까지 하려면 9월 20일 학기를 마치고 한국에 들어갔다가 10월 8일부터 12월 4일까지 8주간 진행되는 4텀을 위해서 다시 나와야 한다.

나는 고민했다. 브리즈번에서의 시간도 좋은 추억들임에 틀림이 없지만, 집이 그리웠기 때문이다. 또한 아이와 온전히 11주간을 보내기 위해 나는 내 일을 너무 많이 접고 들어왔기 때문이기도 했다.

한국에서 기업 강의를 하는 나는 스케줄부터 체크해 보았다. 4팀을 선택하게 되면 10월 8일부터 12월 4일 동안의 강의를 빠짐없이 포기해야만 했다.

며칠간 고민하면서 많은 생각이 들었다. '아이에게는 앞으로 많은 시간이 주어져 있다. 여기 온 목적은 다른 나라의 언어를 배우는 게 아니라 소통이었다.' 나는 결정했다. 내년에 다시 계획해서 나오자.

물론 아이의 빠른 적응과 생각보다 많이 늘어나는 영어 실력 때문에 갈등이 참 컸다. 엄마의 성장과 아이의 성장이 부딪힌 것이다. 나는 고민 끝에 엄마의 성장을 선택했다.

이번에는 엄마의 성장을 선택한 나는, 즐거운 콧노래를 부르며 9월에 한국으로 돌아왔다.

4장

브리즈번의
이곳저곳

영혼의 안식처, 바이런 베이에 가다!

오스트레일리아 뉴사우스웨일스 북쪽에는 브리즈번에서 1시간 30분 정도 달리면 바이런 베이가 있다. 훼손되지 않은 자연환경이 너무 아름답고 현실적이지 않은 구름이 있는 데다 바다에 고래들이 떼 지어 다니고 있어서, 우와~ 소리가 절로 나오는 곳이다.

너무 신기한, 장엄한 자연의 모습이다.

너무 아름다워서 어느 곳이나 인생 최고 장면이 나올 정도다.

이곳에 올 기회가 생긴다면, 정상에 있는 카페에서 느긋하게 차 한 잔 꼭 하기를 바란다. 커피 맛이 좋고 아이스크림도 맛있다. 특히 아이스플랫 화이트가 매우 맛있다.

바다는 하늘과 맞닿아 같은 색을 품고 있다.

평화로운 바이런 베이 바닷가

보는 것만으로 마음이 치유된다.

그저 오는 과정을 즐기는 것만으로도 치유 가능한 곳이다.

호주 곳곳에서 느끼는 것이 있다면, 그것은 자연스러운 엣지가 있다는 것이다. 화장실 가는 곳까지 'ART'하다. 드러내 놓거나 꾸몄다고 느껴지지 않는 ART가 많은 곳에 보인다.

자연풍경 못지않게 카페는 디테일한 ART 풍경을 갖고 있다. 이곳에서 커피를 마시며 하늘과 바다를 볼 수 있는 이 시간에 감사하고, 마음이 충만해짐을 느꼈다.

하늘이 가까워 보이는 이곳. 지치고 상처받은 영혼들이 편히 쉴 수 있는 곳이다.

브리즈번의 유명한 먹거리 장터

잇 스트릿

여행에는 먹거리가 빠질 수 없다. 브리즈번엔 유명한 먹거리 장터Eat street가 있다. 먹거리 장터는 브리즈번의 대표적인 힐링 장소이다.

이곳에 3불을 내고 입장하면, 겉으로 보이는 것보다 규모가 크고 다이내믹한 콘서트에 놀라게 된다. 자유로운 음악들이 준비되어 있다.

금, 토, 일 동안 이루어지는 주말 마켓 콘서트장이 특히 인기다. 먼저 큰 콘서트홀 앞에 자리를 잡고 음식을 갖고 와서 느긋하게 공연을 즐기며 저녁을 먹고 크게 웃어보며 여행의 긴장을 풀 수 있다.

힘겨운 일상은 잊고 그곳에서 나에게 맞는 세계 각국의 음식을 선택해 먹으며 공연을 즐길 수 있다. 먹거리만 있었다면 밋밋한 마켓이었을 텐데, 마켓 안에서 이루어지는 콘서트는 호주의 문화를 잘 보여 준다.

많은 아이들이 부모와 함께 주말 나들이를 나온다.
7살, 내 아이도 이곳을 좋아한다.

우리는 가는 장소에서 에너지를 만든다.
'나는 왜 기운이 안 나지?' 이런 생각이 든다면 자신의 동선을 체크해 보자. 그곳에 답이 있다.
가는 장소를 자세히 확인하면 자신의 기운을 주고 뺏는 곳을 알게 될 것이다.

기운이 가라앉고 마음이 어렵다면, 기운을 받을 장소를 찾아가 거기에서 사람을 만나 마음을 재충전해 보자. 먹거리 장터, 브리즈번의 재충전 장소로 적극 추천한다.

브리즈번의 다양한 마켓 이야기

브리즈번에는 다양한 마켓이 있다. 나는 매일 아이 학교 도시락을 싸야 하니 거의 날마다 마켓에 들려 신선한 재료들을 산다.

브리즈번의 마켓 '우럴스'에서는 식료품을, 'Bic W'에서는 전기제품이나 아이의 캐릭터 옷, 장난감, 타올, 컵 등을 살 수 있다.

우럴스에서는 우리가 브리즈번에 도착한 7월부터 라이온 킹 캐릭터를 손님들에게 나누어 주는 마켓 행사를 했다. 그것을 모으는 재미에 푹 빠져서 아이도 장보기를 아주 즐거워했다. 사행 심리(?)를 이용한 마켓 이벤트지만, 아이와 즐거운 장보기를 만들어 주었다.

우럴스에서는 장을 보고 계산대에서 "Can I cash out one

hundred in 10 dollars?" 하면
돈을 준다.

물론 호주 은행 통장에서 인출을 대행해 주는 것이지만, 그래도 마트에서 은행의 역할을 하는 시스템이 색다르다.

다른 나라의 생활에서 소소한 다름이 신기하고 즐거운 것이 이슈이듯, 우리 삶도 일상 속에서 소소한 것을 붙잡고 이슈로 만들어 가다 보면 우울해질 틈이 없다.

늘 같은 행동을 하면 뇌는 반복으로 인식한다.

"아하! 우리 주인님이 또 같은 일을 하시는구나!"

뇌가 흥미를 느끼지 않으니 지루한 일상이 된다.

그저 작은 것에도 놀라고 즐거워하는 연습을 해 보자.

그리하다 보면 소소한 행복을 즐기는 삶을 살게 될 것이다.

있는 자리에서는 잘 안 되니 가끔 일상에서 떠나와서 연습하자. 그저 소소한 즐거움을 만들어 보자.

캥거루가 뛰노는 게언즈 골프장

게언즈 골프장은 캥거루가 함께 뛰어다니는 골프장이다. 하지만, 거대한 이미지가 아니고 규모가 크지 않은, 정원 같은 골프장이다.

혼자 나와도 칠 수 있는 분위기가, 골프가 간단하고 자유로운 운동처럼 느끼게 해준다. 사람들의 복장도 골프 옷이 아니라 편안한 일상복 차림이었고, 대부분 신발만 골프화를 갖추고 있었다.

골프를 치지 않는 나는 남동생과 사촌 여동생이 놀러와서 함께 오게 됐다. 우리는 카트를 빌려서 18홀을 돌았는데 생각보다 자유롭고 편안했다.
우리나라에서 보던 골프 보조원인 '캐디'라는 직업이 호주에는 없다. 스스로 카트를 끌고 다닌다.

캥거루가 뛰어노는 골프장
〰〰

나무와 하늘, 잔디, 캥거루가 어우러진 넓은 정원에서 가족들이 도란도란 자연스럽게 이야기하며 골프를 치는 분위기가 너무 좋다.

노인 부부들이 나란히 치러 나온 모습이 보기 좋았고, 친구 둘이 치러 나온 모습이 좋았다.

우리는 남동생과 사촌 동생, 그리고 나 셋이서 카트 두 대를 빌려서 여유롭게 18홀을 돌았다. 4시간 정도, 골프를 치지 않는 사람들은 카터에서 편안히 자연을 느낄 수 있는 시간이다. 나는 카터에서 글을 쓰고 하늘도 보며 여유를 즐겼다.

골프장의 풍경과 시스템이 너무 자유롭고 좋았다.

캥거루가 말 걸어주는 골프장 게언즈는 분명 매력적인 소통의 장소이고, 쉬기에 좋은 곳이었다.

호주 골프장에 놀러 올 기회가 생긴다면, 잔디 위로 카터 운전을 꼭 해 보기를 권한다.

자유로움이 있다.

소들이 풀을 뜯는 더팜

바이런 베이에서 바다를 보고 오는 길에 소들이 너무 한적하게 풀을 뜯고 사람들이 여유롭게 거닐고 있는 모습에 우연히 들린 곳이 더팜이다.

아이와 엄마, 아빠, 할아버지, 할머니, 연인들, 모임들. 말 마차를 태워주는 켄사스 할아버지. 그리고 우리.

많은 이들이 차를 마시고 식사를 하고 밀크셰이크나 아이스크림을 먹고 있었고, 소는 풀을 뜯고 있고 닭이 사각사각 걸어 다녔다.

더팜 들어가는 입구에는 가드닝하는 재료를 전시하고 판매도 하는 예쁜 곳도 있다.

드넓은 하늘과 아이들을 위한 목장식 그네가 있는 놀이터가 있다. 넓은 잔디, 하늘, 벤치, 아름다운 풍경. 커피가 있고,

무엇보다 나에게는 'Here and now'가 있다.

 더팜에서 행복과 여유를 진정으로 느껴 볼 수 있었다.
 폐부 깊숙이 아름다운 시간을 담을 수 있는 곳, The Farm.

 나 혼자라는 생각에 외롭다면, 혹은 너무 많은 관계에 지쳐 있다면, 감정이 매말라진 것 같다면, 이곳 더팜을 강력 추천한다.
 혼자라도 피폐하게 하지 않고, 혼자라서 오히려 꽤 괜찮은 생각이 드는 곳.

여유로운 휴식공간, 더팜

관계가 힘들었다면, 다시 건강한 관계를 맺을 수 있는 따뜻하고 말랑말랑한 감수성을 찾을 수 있는 곳.

가족이 함께하는 여행이라면 더욱이 호주 브리즈번 북쪽의 더팜을 찾아보라.

나는 The Farm에서 아이와 함께 사랑하는 사람들과 이곳저곳을 거닐며 한적한 오후를 보냈다. 다시 차 한 잔 마시러 훌쩍 오고 싶은 곳이어서 나는 이곳 주소를 여기에 기록해 둔다.

'11 Ewingsdale RD, Ewingsdale NSW 2481 오스트레일리아'

벼룩시장 '수케이트 마켓'

"Suitcase Rummage is about spporting local makers."

지은이 어머니는 브리즈번 시내에서 열리는 '수케이트 마켓'에 신청해서 주말에 아이들과 함께 옷, 학용품, 식물, 잡화류 등 집에서 잘 사용하지 않는 물건을 판매한다. 다른 사람들이 유용하게 사용할 수 있도록 세탁을 하고 잘 손질하여 1달러에서 10달러 사이에서 매매가 이루어진다.

이번 수익금은 지은이 어머니가 다니는 교회를 통해 미얀마 어린이에게 보내기로 되어 있다.

12시부터 5시까지 이루어지는 마켓인데, 세계 각국의 생각보다 많은 사람들이 관심 있게 물건을 서로 기부하는 모습이 아름다웠다.

많은 사람들이 아이의 손을 잡고 나왔다. 지은이가 어려서 초등학교 때 입었던 청바지들이 인기 있었다. 바지는 다 팔

146

소통의 공간이기도 한 벼룩시장

렸다.

　즉석에서 5달러짜리를 2달러에 주기도 했다. 나도 처음 참여해 보는 경험이라서 신나고 즐거웠다. 뜨거운 플랫화이트 커피와 함께 순조롭게 마켓을 열었고 5시까지 예상한 것보다 많은 물건을 팔고 왔다.

　"우리는 삶을 살면서 불필요한 물건을 너무 지니며 그 속에 파묻혀 지내는 건 아닐까?"

　이 수케이트 마켓은 내 삶의 물건에 대해 나름 생각하게 해 준 시간이었다.

　지은이는 추억을, 지은이 어머니는 봉사를, 나는 조금 더 깊이 있게 삶을 생각하는 시간을 가질 수 있었다. 이번 마켓이 주는 의미는 자유로운 나눔의 지혜, 그리고 소통의 장이었다.

　이날 우리 옆에 나온 나이 드신 분들은 유튜브에서 손뜨개로 꽤 유명한 분이라고 한다. 여러 가지 옷을 가지고 나왔는데 종일 뜨개질을 하셨다. 이곳을 즐기고 계셨다.

　많은 사람들이 축제를 즐기듯이 이곳저곳에서 자신의 존재를 알리며 신나게 물건을 사고 소통하고 있었다.

　이 마켓은 그야말로 '소통'의 장이었다.

스타벅스와 애플

브리즈번 시내의 스타벅스와 애플은 영국의 왕실 건물처럼 우아하다. 나라마다, 지방마다 다르게 표현하는 스타벅스와 애플. 하라주쿠에서도 애플 분위기는 대단했다.

그저 하나의 제품을 판매하기 위한 곳이 아니라 전 세계 각 나라에 동화된 장소처럼 꾸며놓았다. 브리즈번 시내에 있는 애플샵에 들렸을 때는 초등학생들의 견학이 있었다.

스타벅스에서 요거트를 먹었는데, 요거트에 귀리를 넣은 제품이 유난히 맛있었다. 이국적 정취와 세계 각 나라의 사람들이 함께 모인 스타벅스. 호주의 바닷가 스타벅스에서 아침 7시에 먹는 요거트 맛은 행복한 맛이었다.

브리즈번 가든 시티에서도 스타벅스는 늘 사람들로 북적인

다. 한국인, 중국인, 일본인, 호주인, 그리고 다양한 나라의 사람들이 모여서 다양하게 먹고 마신다.

나도 언더우드에서 나와 자주 가든시티 스타벅스에서 글을 쓰곤 한다.

애플과 스타벅스 하면 내 머릿속에 떠오르는 건 개성 있는 마켓과 창의력이다.

여행 속 여행, 멜번에서의 3일

멜번 1일째

브리즈번에서 국내선 비행기를 타고 2시간 30분을 가면 남동부의 항구 도시, 멜번Melbourne이다. 공항 밖으로 나와서 오른쪽으로 가면 버스 타는 곳이 있고, 우버택시를 타면 주차 빌딩 노란 건물이 나온다. 에스컬레이터로 올라가면 for 도매스틱 픽업에어리어가 나온다.

멜번 하트 어텍 앤바이
샌드위치와 핫쵸코

우버택시를 불러서 호텔로 갈 때는 'T4 car park'로 와 달라
고 말하면 된다. 호주에서는 일반택시가 비싸서 주로 우버택
시를 이용한다.

여행 속 여행지를 어디로 할까, 시드니와 멜번 중 고민하다
가 지은이가 다니는 멜번대학교의 미술 작업실이 보고 싶어서
멜번으로 선택했다. 멜번대 미대 작업실을 둘러보고, 갤러리
도 구경하고, 현지에서 맛집을 가보기로 했다.

숙소는 호텔 'The Westin Melbourne'에 머물렀다. 브리즈
번에서 아침 7시 15분 비행기를 타고 출발하여 호텔에 도착한

↘ 멜번대학교 미술대학 전경

시간이 오전 11시였다. 호텔의 상태는 너무 좋았다. 유럽이나 현지인들이 많은 이용하는 호텔이었다.

멜번은 겨울이라서 따뜻한 겨울옷들을 준비해서 갔다. 도착한 날 날씨가 너무 좋았다. 햇볕은 따뜻했고, 기온은 초겨울 온도였다.

호텔에 짐을 맡기고 나와 멜번시티 내 무료 교통수단인 tram(트램)을 타고 점심을 먹으러 갔다. 점심은 일본식당 아카지로Aka Siro에서 먹기로 했다.

* Aka Siro (Japanese restaurant) (106 Cambridge St, Collingwood VIC 3066)

아카지로는 정오인 12시부터 문을 연다. 메뉴는 Mix fry teishoku(믹스 프라이 테이쇼쿠 정식)과 higawari 정식을 선택했다. 동양인의 입맛에 잘 맞았고, 밥과 일본식 된장국을 기본으로 준다.

식사 후 근처를 걸으며 'PROUD MARY COFFEE'에서 롱블랙long black을 마시며 여유를 즐겼다.

이곳은 멜번에서 '10대 맛있는 커피집'에 속한다. 콜롬비아 커피를 마셨는데, 특유의 깊고 진한 맛이 좋았다. 롱블랙이라

↳ 버스 갤러리

는 이름과 잘 어울리는 커피 맛이다.

커피를 마신 후 천천히 걸어서 갤러리 '버스 프로젝트Bus Projects'(25-31 Rokeby St, Collingwood VIC 3066)에서 그림을 보았다. 갤러리에서는 여러 작가의 작품이 전시되고 있었다.

Bus Projects. 이름이 조금 특이한 갤러리였다. 모두 5개의 장소로 구성돼 있었으며, 개인보다는 그룹 전시가 많다.

우리가 간 날은 지은이의 학교 선배가 참여하는 주였다. 회화 분야에 다양한 재료들이 선보이는 작업이 대부분이었고, 자유로운 회화 경향을 그대로 보여 주었다.

재료, 방법, 분야에 구애받지 않고 자신이 드러내고자 하는 작품, 실험적이고 자기중심적인 작업으로 철저하게 작가의 사상과 낭만이 보이는 작품들이었다.

전시장의 느낌은 정적이며 작았다. 그림을 위한 공간으로 준비된 듯했다. 다시 브리즈번에 머무르게 된다면 Bus Projects에 내 그림을 전시하고 싶은 마음이 들었다.

동양적인 매력이 풍기는 전시장 이미지를 갖고 있어서 낯설지 않았다.

여행 중 좋은 전시장에서 좋은 그림을 볼 수 있다는 건 행복한 시간을 선물 받은 것에 틀림이 없다. 함께한 모든 시간에 감사하다.

멜번대 미대 작업실에서

우리는 멜번대 미대 작업실을 방문했다. 지은이의 family 자격으로 들어올 수 있었다. 작업실은 학사와 석, 박사를 구분해서 쓰고 있었다.

학사 작업실에서는 자유롭고, 각 나라에서 유학 온 학생들이 많은 덕분에 세계 여러 나라의 민족성이 보이는 색채들을 자유롭게 쓰고 있었다.

자유롭고 편안하게, 그저 어떤 규칙의 흐름 없이 자신의 내면세계를 자연스럽게 탐구하는 것이 한눈에 보였다.

작업실 한 곳은 70대 되는 노인분이 학사로 편입해서 오셨는데, 지금 아프셔서 병원에 입원 중이라고 한다. 학사 작업실을 둘러보면서 꽤 많은 학생이 사회생활을 하다가 다시 학교로 와서 그림을 그리고 있다는 걸 알게 됐다. 멜번대 미대의 자유로움을 추구하는 열정이 가득히 느껴졌다.

지은이의 설명을 들으니 문득 꿈이 생겼다. 내 나이 60이 넘어서 멜번대에 들어와서 그림을 그리고 싶어졌다.

멜번 여행에서의 소중한 하루를 할애해서 멜번대에 온 것은

멜번대 미대 작업실 탐방

멜번의 트램

너무 잘한 일이다. 어떤 건물보다 아트했으며, 어떤 갤러리보
다 그림을 그리고 있는 사람들의 순수한 열정을 엿볼 수 있었
기 때문이다.

　우리는 멜번대학에서 나와서 트램을 타고 다시 호텔 근처의
미트볼 가게에서 저녁을 먹었다.
　미트볼은 맛이 어느 나라 사람이나 좋아할 만한 맛이었다.
* The Meatball & Wine Bar - Flinders Lane (135 Flinders
　Ln, Melbourne VIC 3000)
　이국적 풍경이 가득한 미트볼 집이다. 하우스 와인이 맛있
었고, 분위기도 괜찮았다. 저녁 식사를 하고 첫날의 빠듯한 일
정을 모두 마쳤다.

멜번 2일째

그레이트 오션로드 12사도를 일일 조이투어 관광에 예약했다. 12사도는 예수님의 열두 제자를 의미하는데, 죽기 전에 꼭 가봐야 할 10대 명소 중 하나로 선정된 곳이 '그레이트 오션로드'이다. 멜번 시내에서 3시간을 달려가야 12사도를 볼 수 있다.

12사도는 바다 위에 우뚝 솟은 석회 기둥인데, 1년에 2센티 정도씩 침식되고 있다고 한다.

관광버스에서 가이드는 호주의 속사정과 재미있는 이야기들을 들려주었다. 호주의 국토는 한국의 77배인데 인구수는 한국보다 적다고 해서 놀랐다.

멜번은 평야가 많은 도시라고 한다. 비행기에서도 놀란 건, 브리즈번에서 멜번으로 오는 동안 오로지 녹지밖에 안 보인다는 점이었다. 땅이 얼마나 넓으면 비행기로 그리 오래 날아도 땅만 보일까, 라는 생각을 했다.

12사도의 풍경은, 보는 그 순간 자연의 숭고함과 아름다움 그리고 그 푸른 깨끗함에 아무런 말이 안 나오고 그저 조용히 바라볼 수밖에 없었다.

포트켐벨국립공원 12사도

그 순간 시간은 멈추어 있었다.

세계 각국의 사람들이 모인 만큼 모두 다른 정서로 12사도
의 풍경을 보겠지만 함께 있는 그 순간만큼은 한마음이라는
생각이 들었다.

오션로드를 하는 그 시간은 자연의 풍경이 사람의 마음을
압도하여 다른 생각이 들지 않게 한다. 그곳에 머무르는 사람
들은 매 순간 힐링이고 마음의 쉼을 갖는 시간이 확실하다.

이번 브리즈번의 여행 속 여행지로 택한 멜번은 내가 경험
한 가장 아름다운 순간 중 하나였다.

여러분들도 꼭 한번 가보길 바란다. 사랑하는 가족과 함께
가보길 꼭 권유하고 싶다. 살아계실 때 엄마와 함께 와 보지
못한 것이 못내 아쉬운 풍경과 시간이었다.

아침 8시 경에 관광버스를 타고 출발하여 오후 6시에 다시 호텔에 도착하였다.

옷을 갈아입고 트램을 타고 우리는 저녁 식사를 위해 이탈리아식 피자를 하는 'DOC 피자 모짜렐라 바' (295 Drummond St, Carlton VIC 3053)로 갔다.

낮에 본 아름다운 풍경에 호강한 뇌, 저녁에는 보기만 해도 맛있어 보이는 식사, 이국적 풍경, 하나같이 내 마음을 행복의 계단으로 이끌었다. 순간순간 행복했다.

아름다운 풍경으로 영혼의 깊이를 채우고 맛있는 음식으로 내 몸을 충전하는 그 시간은 무어라 형용할 수 없는 감사와 여유로 가득 채워졌다.

여러 종류의 피자들도 너무 맛있고, 채소 샐러드와 색다른 요리들도 좋았다.

맛있는 음식을 먹으며 낮에 본 '12사도'의 절경을 이야기하는 시간은 너무 즐거웠다. 낯선 도시에서 편안해졌다.

멜번 도서관 : State Library of Victory

이곳 도서관은 우리나라 도서관의 개념과 좀 다르다.
　책을 읽고, 자신의 사무를 보고, 그림을 감상할 수도 있다.
물은 자유롭게 마실 수 있지만 커피와 차는 마실 수 없다.

　대규모 시설에 놀랐고, 조용하지만 자유로운 분위기에 또
한 번 놀랐다.
　와이파이 속도도 빠르다. 책은 빌리지 못하고 읽고만 간다.

　카페 같은 도서관이었다. 대중적이고 오픈되어 있고 자유로
운 느낌이었다.
　만약 근처에 이런 도서관이 있다면 나는 매일 갈 것 같다.
　그래서인지 관광객도 많았다. 관광객들이 많이 오는데도 아
주 조용했다.
　근처에 있는 오픈 카페의 분위기도 좋았다. 기억에 새긴다.

State library of victory

진짜 바다를 보다 : 서퍼스 파라다이스

골드코스트를 처음 가는 날, 서퍼스 파라다이스에 들러 롱블랙을 마시며 바다를 보았다.

브리즈번에 와서 처음 본 바다가 '서퍼스 파라다이스'였다.

눈앞에 펼쳐진 풍경은 내가 좋아하는 바다 사진 속 모습과 똑같았다. 깊은 바다색과 끝없는 하늘과 바람.

나는 이내 골드코스트보다 서퍼스 파라다이스가 좋아졌다. 이제 훌쩍 보러 가고 싶은 바다는 서퍼스 파라다이스가 되었다.

서퍼스 파라다이스에 바다를 보고 있으면 아무런 생각이 안 든다. 그저 내가 대자연의 일부라는 사실만을 느끼게 된다.

두 번째로 멋진 바다, 골드코스트

오스트레일리아 퀸즈랜드 주에 있는 도시 골드코스트는 전세계에서 꼭 가보고 싶은 바닷가 다섯 번째 안으로 꼽히는 곳이다.

나에게 골드코스트는 두 번째 멋진 바다로 남아 있다.

아이가 원해서 골드코스트에서 하룻밤 묵고 가는 길에 바이런 베이에 들리는 것으로 여정을 짜고 출발했다. 골드코스트에는 아시아인들이 많았고 바이런 베이에는 유럽인들이 많다는 느낌을 받았다.

골드코스트의 바다는 의자를 놓고 느긋하게 앉아 한없이 펼쳐져 있는 바다를 그저 바라보고 있는 것으로 좋았다. 아들은 수영하고 파도와 놀면서 너무 신나 했다.

내 아이는 골드코스트의 바다를 좋아한다. 7, 8월의 바다는 살짝 차가운 듯해도 물속은 춥지 않았다. 충분히 물에서 놀 수 있었다.

　오는 길에 들른 바이런 베이 근처에서 숙소를 잡지 않은 것을 후회했을 정도로 바이런 베이의 풍경은 낭만적이었다. 근처에서 하룻밤을 묵고 아침에 높은 곳에 올라가 보는 바다가 대단히 근사할 것 같았다.

　바다 앞에 있는 허리케인 레스토랑의 폭립이 유명하다고 해서 먹어보니 정말 맛있었고, 바다 전망도 좋았다.
　브리즈번의 바다들은 그 앞에 앉아 있는 것만으로도 마음 치유가 된다. 자체 힐링이다. 집에서 멀리 떠나온 덕분인지도 모른다.

　여행이 마음 치유가 되는 건 현재 중요하다고 생각하는 것들에서 벗어날 수 있기 때문이다. 그 시간이 우리를 숨 쉬게 한다. 돌아갈 그곳이 여전히 존재하니 진정한 힐링이 되는 것이다. 참 아이러니한 일이다.
　우리가 잘 살아 내는 건, 가장 중요한 것들과 간격을 좁혔다 넓혔다 하는 반복의 과정인지도 모르겠다.
　골드코스코의 바다는 나를 돌아보는 넉넉한 시간을 주었다.

별이 쏟아지는 무게라 호수

언더우드 집에서 1시간 30분 정도를 차로 달리면 녹지에서 풀을 뜯는 소들이 있는 목장지대를 지나서 아름다운 호수가 나온다. 무게라Moogerah 호수다. 가는 길의 풍경이 꿈길을 달리는 듯 하늘과 가까워 보인다.

조금 아쉬웠던 것은, 가뭄으로 브리즈번 지역 식물들이 촉촉한 느낌보다 건조해 보인다는 점이었다.

별 보기 좋은 시간이 저녁 8시라고 해서 언더우드 집에서 1시에 출발을 했다. 도착해서 아름다운 강가에서 바비큐를 먹고 느긋하게 차를 마셨다. 다른 일행 가족들이 배드민턴을 치고 있었다. 그런 모습이 한가로워 보인다.

↳ 무게라의 별을 보러 가는 풍경

오후에 해지는 강가는 너무 고요하다. 낚시하는 사람들도
보이고 맞은편 강가에서는 캠핑을 하고 있다.

5시가 넘으면서 해가 떨어지고 깜깜해지니 별 보기 준비를
한다. 별이 잘 보이는 곳에는 벌써 많은 사람들이 망원경을 설
치하고 푸른 담요를 바닥에 깔고 있었다. 아이들은 침낭을 준
비했다. 침낭 속에서 별을 보는 거다.

깜깜해지기 시작하니 별을 보기 좋은 분위기로 바뀐다.

깜깜한 곳에서 별빛만이 보인다.

별빛이 너무 크고 너무 총총하게 박혀 있었다.

은하수가 떨어지는 것처럼 보여서 나는 너무 놀랐다.

별이 잘 보이는 날 오기 위해서 날짜를 고를 때에는 한 달 중 달이 안 떠오르는 날로 잡아야 한다. 오늘이다. 꽤 많은 사람이 이 순간 함께 별을 본다.

사람들 속에서 담요를 깔고 누워서 아이와 별을 보는데 문득 행복하고 아름답다는 생각이 스친다.

아이는 별을 보며 "꽃게 모양이 있어." 그리고 "별이 길을 만들어서 돌아다니는 건가?"라고 질문한다.

별이 아름다운 건 멀리에서 반짝이는 닿을 수 없는 그곳에,

우리의 소망을,

우리의 희망을,

우리의 꿈을,

마음껏 빌 수 있어서일까?

그냥 아름다워서일까?

"죽는 날까지 하늘을 우러러

한 점 부끄럼이 없기를

잎새에 이는 바람에도 나는 괴로워했다.

별을 노래하는 마음으로

모든 죽어가는 것을 사랑해야지

그리고 나한테 주어진 길을

걸어가야겠다.

오늘밤에도 별이 바람에 스치운다."

윤동주 님의 서시가 저절로 생각나는 밤이다.

8월 무게라 호수의 은하수는 참으로 아름다웠다.

대형 쇼핑몰 브리즈번 가든시티

브리즈번 가든시티는 언더우드 집 근처 15분 거리에 있는 대형 쇼핑몰이다. 도서관도 있고, 오피스워크도 있으므로 여러 가지 쇼핑이 가능하다. 오피스워크에서는 사진 인화가 가능해서 학교 과제를 위해 자주 이용했다.

브리즈번 공항에 도착해서 제일 먼저 들린 곳도 가든시티다.

호주식 건강한 햄버거 'GRILL'D'가 가든시티 안에 있다. 처음 브리즈번에 도착한 후 그곳에서 Summer Sunset을 먹었다. 그 후로 자주 먹게 되었다.

나는 일요일마다 가든시티에 있는 서점을 아들과 함께 찾는다. 읽고 싶던 책을 보기도 하고 사기도 한다.

브리즈번 언더우드 집 근처에서 가장 편리한 쇼핑몰이다.

워너브라더스 무비월드

들어가는 입구에서 보는 롤러코스터는 상상 이상으로 짜릿한 장면을 연출한다.

그 유명한 슈퍼맨 롤러코스터다.

아이와 나는 입구에서 들어가기도 전에 우와! 우와! 하며 신기해했다.

각종 뮤비스타들의 캐릭터 퍼레이드가 매우 재미있었다.

배트맨과 원더우먼, 슈퍼맨… 영화 속 주인공들이 너무나 실감 나게 공연하고 퍼레이드를 한다.

슈퍼맨, 배트맨, 원더우먼과의 기념사진 촬영은 특별한 기억이 될 듯하다.

아이들이 실제 무비스타들과 함께하는 듯한 상상의 공간이다.

롤러코스터를 좋아하는 젊은이들도 꽤 많이 보였다. 어린 날 보았던 만화가 상영되는 이곳에서 나는 아이와 함께 아이스크림을 먹고, 어렸을 때 보았던 만화 이야기를 하고, 만화 주인공과 사진을 함께 찍으며 즐겁게 지냈다.

다녀와서 아들은 배트맨 옷을 입고 며칠간 놀았다.
환경의 자극이 아이들에게 상상의 세계를 만들어 준다.

배트맨 캐릭터와 함께

우리가 좋아한 문방구 스미글

스미글Smile+Giggle은 서울의 아파트상가에서 가끔 아이에게 필요한 용품을 사곤해서 알고 있던 제품이다. 호주에 와서야 스미글이 호주 제품이란 걸 알았다. 스미글은 "키득키득 웃다"의 뜻으로 만들었다고 한다.

아이가 학교에 갔다 오더니 "엄마 그거 있잖아, 한국에서 내가 산 거, 그거 다 갖고 오던데?" 해서 브리즈번 가든시티에 가니 스미글 매장이 있었다.

한국에서 몇 가지 물건만 볼 때는 '예쁘지만 비싸다'는 생각이 들었는데 여기 오니 가격이 괜찮았다. 아이들이 좋아하는 것들도 많았다.

도시락, 도시락 가방, 물통을 스미글에서 사면서 나도 즐거웠다.

어렸을 때 나도 문방구를 꽤 좋아했었다.

아이와 함께 스미글에서 문방구류를 사며 즐거운 시간을 가져보았다.

문구점은 아이들에게 꿈의 공간이기도 하다. 여러 가지 물건들이 꼬물꼬물 전시되어 있으니 갖고 싶기도 하고, 보는 것만으로도 상상력을 자극하며 즐겁기도 하다.

나는 한국에서 내가 사는 아파트상가에 있는 파랑새 문구를 나는 좋아한다. 파랑새 문구 대표님은 철학이 있어 보인다. 문구류를 판매하면서 나름의 아이들을 위한 철학을 갖고 있다.

그림 작업 재료를 인사동 원아트 화방 외에 주문해 본 적 없는 나인데, 파랑새 문구 대표님에게 부탁해서 지금은 강의 나갈 때 이곳에서 재료를 산다.

문구점은 어린아이들에게 꿈과 좋은 추억의 장소이기도 하다. 앞으로도 문구점이 꿈과 낭만이 있는 그런 공간으로 남아있기를 소망해 본다.

어린 날 문방구를 좋아했던 나, 아들보다 내가 더 문구류를 좋아하나 보다.

나는 기분이 꾸물거릴 때 롯데몰 반디앤루니스에 가서 작은 메모지와 펜을 사고, 좋아하는 책을 골라 읽으며 꼭꼭 눌러 글자를 적어보면 어느새 기분이 풀어지고 좋아진다.

자신만의 문구제품을 가져보자. 소소하고 작은 꿈과 행복, 그리고 희망이 생길 것이다.

브리즈번 뉴팜공원, 파워하우스

강과 나무 그리고 100년이 넘은 건물, 잔잔한 공원을 생각하며 브리즈번 뉴팜공원, 파워하우스에 왔는데, 의외로 호주의 디테일한 아트를 느낄 수 있었다.

무엇보다 파워하우스 안에서 파는 Chips가 맛있다. 커피는 먼로 커피였다.

운동복 차림으로 유모차를 몰고 강가를 산책하는 사람들이 유난히 많았다.

벤치 이곳저곳에서 책을 보기도 하고 잔디에 누워 통화하기도 한다.

할아버지, 할머니들이 도란도란 이야기하며 거닐기도 하고,

↳ 100년이 넘은 건물이 자리한 뉴팜공원

공원 분위기가 말할 수 없이 한적했다.

　하늘이 맑고 공기가 유난히 깨끗하고 나무가 말할 수 없이 무성하다.

　한국에도 이런 운치 있는 공원이 있을 텐데, 집을 멀리 떠나온 감성 탓인지 유난히 편안하고 말랑말랑한 감정이 샘솟는다.

　문득문득 행복하다.

　행복은 이런 평온함에서 찾아온다.

인간관계에 얽히지 않고, 자연환경이 나를 어렵게 하지 않고, 자신의 노동으로 자급자족하며 일찍 자고 일찍 일어나면 건강해진다. 그리고 마음의 우울에서 벗어날 수 있다.

마음이 어지럽다면, 불면이 있다면, 관계가 복잡하다면 30일 이상 떠나보자. 그리고 이런 평화로운 공원에서 평온한 시간을 보낸다면 당신의 정서는 따뜻하고 편안하게 회복될 것이다.

맛있는 칩스와 커피를 들고 뉴팜공원 가운데 앉아 흘러가는 강을 보는 시간을 즐기는 'Here and Now'이다.

과학관이 있는 퀸즈랜드 뮤지엄

브리즈번 시내 사우스뱅크 공원에서 5분 거리에 퀸즈랜드 뮤지엄Queensland Museum이 있다. 차를 갖고 가면 주차비를 좀 지불해야 한다. 브리즈번 시내를 갈 때도 이곳에 주차하면 매우 편리하다.

공원에는 인공비치가 설치되어 있어서 수영하며 놀 수도 있고, 아이들 놀이터도 조성이 잘 되어 있다. 밤에 특별 공연이 있는 경우에는 다양한 음식을 맛볼 수도 있다.

뮤지엄은 기본전시장도 매우 잘 되어 있고, 특별관이나 과학관도 아이들이 좋아할 만한 질 높은 전시관으로 구성되어 있다.

나와 아이가 갔을 때는 특별관에서 '나사전'을 하고 있었는데, 매우 감동적인 전시였다.

인간의 한계를 극복하고, 모르는 세계를 극복하고자 하는 노력, 그리고 우주의 작은 별일 뿐임을 알게 하는, 어른들에게 도 매우 좋은 전시였다.

아이와 함께 세 번 정도 같은 전시를 보고 왔는데도 여전히 좋은 전시로 기억된다.

과학관은 매우 체계적이고 아이들의 과학 감성을 잘 건드려 주는, 수준 있는 과학 시험관이었다. 도서관, 아트 갤러리도 매

퀸즈랜드 뮤지엄의
'나사전'

우 잘 되어 있어서 아이와 함께 정서를 돈독하게 하기에 충분한 공간이었다.

아름다운 하늘을 바라보며 퀸즈랜드 뮤지엄에서 시간을 보내는 것은 엄마와 아이가 함께 성장하는 시간이었다.

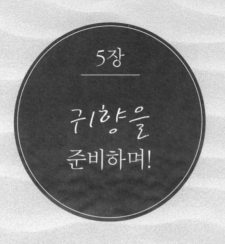

5장

귀향을
준비하며!

아이 학교에서 나의 소통

한 텀이 끝날 때쯤 되니 자주 보는 학부모님들이 "Good morning!" 하고 인사를 건네오기도 한다.

나도 말 걸고 싶은 학부모님이 생긴다. 나라가 다양하다. 모두 영어를 잘한다.

영어가 약한 나는 소통이 잘 되지 않아서 너무 안타깝고 스스로 답답했다.

학교에서 프랩 단계는 선생님과의 면담도 매우 자주 있는데, 아이가 오히려 역할을 많이 해주었다.

11주간을 보내면서 글로벌 시대의 역량 있는 아이로 자랄 수 있도록 도와주기 위해선, 제일 먼저 엄마인 내가 영어소통을 원활하게 해야 한다는 사실을 절감했다.

아이의 소통에는 아무런 문제가 없었다.

떠나올 때와 이제 떠날 때 나의 고민은 180도 바뀌어 있었다.

한국으로 돌아가면 학생이 되어 영어를 공부해야겠다고 다짐한다.

한텀 종강식을 하며

돌아가고 싶은 나의 집

브리즈번으로 올 때는 아이와 함께 쉬고 싶은 생각이 많았다.

강의도 조금 쉬고 아이도 바쁜 스케줄에서 벗어나 여행하고 노는, 달달한 시간만을 꿈꾸며 왔다.

학교 프랩 단계를 다니는 아이는 새로운 환경에 적응해야 했고, 나는 이곳에서 매일 도시락을 싸며 잘 소통되지 않는 나의 영어 실력에 절망도 해야 했다. 내가 좋아하는 책과 글이 아니었다면 나에게 주어지는 시간이 자칫 지루하거나 의미 없게 전락했을 것이다.

브리즈번의 아름다운 풍경에 마음을 빼앗기기도 했고, 몸과 마음은 하늘의 모습만으로도 힐링되었다.

한국으로 돌아가기 5일 전, 나는 한국의 집으로 돌아갈 수 있음에 가슴이 뛰고 설레었다.

　돌아가면 내 삶의 터전에서 소중한 시간을 낭비하지 않고 하루하루를 건강하게 목표를 향해 달리겠다고 다짐했다.

　아내로서, 엄마로서 가족을 위해서 열심히 노력할 것이고, 마음을 힐링하는 방법을 제시하는 아트 테라피스트로서 또한 열심히 강의할 것이다. 그런 열정의 기운을 이곳 브리즈번에서 받아서 간다.

파울로 코엘료의 『연금술사』를 읽으며

브리즈번으로 올 때 책 중에서 가장 소중하게 챙겼던 게 『연금술사』였다.

나는 한때 많은 관심을 가지고 이 책을 읽었었다.

세월이 흘러 최근에 다시 구입한 파울로 코엘료의 『연금술사』, 자아 신화를 찾는 여정이 아주 아름답게 묘사되어 있었다. 브리즈번과 어울리는 책이다.

책 속의 질문은 내 가슴속에 울림을 주었다.

"이방인이 낯선 땅에서 무엇을 하고 있는가?"

"자아의 신화를 찾으러 왔습니다."

"사람이 어느 한 가지 일을 소망할 때 천지간의 모든 것들은 우리가 꿈을 이룰 수 있도록 뜻을 모은다네."

"무언가를 찾아 나설 때는 반드시 초심자의 행운이 온다."

"사람들은 떠나는 것보다 돌아오는 것을 더 많이 꿈꿉니다."

『연금술사』의 글 한 줄 한 줄은 나의 가슴속에 깊은 울림을 주었고, 주인공 산티아고가 곧 내가 되었다.
집으로 돌아가기 며칠 전에 읽는 『연금술사』는 브리즈번의 풍경과 너무 잘 어울려 내 마음속에 쏙쏙 박혔다.

나는 앞으로 있을 여행에서 그곳과 어울리는 책을 고르느라 꽤 고민할 듯하다. 브리즈번이 그리울 때는 『연금술사』를 볼 것이다.

누군가 "브리즈번 어때요?" 묻는다면, 나는 이렇게 말할 것이다.
"『연금술사』 책을 닮아 있어요."

아이의 히스토리 만들어 주기

한국으로 돌아가면 나는 아이의 정체성에 대한 교육에 많이 힘쓸 예정이다. 아이가 7살이니 설명하는 시간이 많이 필요하진 않다.

아이가 태어날 때 나는 정말 기도를 많이 드렸다. 나는 성당 새벽기도를 매일 다녔다.

아이의 할아버지도 삼신 할매에게 엄청난 기도를 드렸다고 한다. 아이가 태어나고 아버님이 제일 먼저 하신 말씀은, 당신의 기도로 아이가 점지되었다는 것이다.

아들의 할아버지 함자는 강효신이다. 우리나라 한의학박사 1호인 분이다. 당신 나이 81세에 본 손자이다.

아버님과 며느리인 나는 기도를 믿었다. 기도의 방식은 다르지만, 보이지 않는 세상을 믿은 거다.

엄마와 할아버지의 기도로 태어난 아이의 탄생 비하인드와 아버지의 인품, 충북 교육감을 지내신 증조할아버지, 그리고 고모, 고모부까지 한의학을 하는 집안 내력. 이 모든 것은 단지 흘러간 과거가 아니라 아이에게 뿌리를 알려주고 힘을 불어 넣어주는 원동력이 될 수 있다.

부모는 "우리가 이러했으니 너도 이렇게 해"라는 강요가 아니라, 뿌리를 이해시킴으로써 자신의 앞날을 스스로 만들어갈 수 있도록 정신적 유산을 물려주어야 한다고 생각한다.

만약 할아버지 세대에서 줄 수 있는 정신적 교훈이 적다면 부모들이 내 아이의 정신적 자산 가치로 남을 수 있도록 노력하고 또 노력해야 한다.

스토리가 있는 아이가 글로벌 시대에 정체성 있는 리더로 자랄 수 있다.

아버님 유품에서 경희대학교 한의학 교수 시절에 빼곡히 영어로 적은 수첩이 나왔다. 한의학 교수이면서도 영어를 구사할 줄 알아야 함을 항상 말씀하셨던 기억이 났다.

우리나라는 고유의 전통을 잘 이어가는 힘이 부족하다.

한의학도 마찬가지이다. 한의학이 대한민국 전통 의학임에도 서양보다 과학적 데이터를 모으는 노력이 부족한 현실이

아이와 할아버지

안타깝다.

집안의 뿌리를 내 아이가 반드시 이어가야 한다고는 생각하지 않는다. 다만 아이가 이제 7살이니 집안 히스토리가 중요한 시점이라고 생각된다.

아이가 그 히스토리 위에 성장하면서 스스로 만들어 가는 히스토리를 지켜볼 생각에 나는 가슴 설렌다.

저학년까지는 아이가 자신의 히스토리를 만들기 위한, 자신의 정체성을 이해할 수 있도록 돕는 시기라고 여겨진다.

탄탄한 자신만의 역사는 풍부한 삶, 성장하는 삶으로 나아갈 수 있는 원동력이 될 것이다.

에필로그
굿 바이, 나의 브리즈번

브리즈번으로 올 때의 나의 마음은 기대감이 컸다.

가보지 않았으니 상상하기는 어려웠고, 가면 "정말 내 인생의 쉼표로 쉬고 와야겠다.", "조용한 날들을 보내야겠다." 하며 좋아하는 책 몇 권과 7살 내 아이와 함께 단순하게 떠나왔다.

지금 나는 집으로 돌아가는 설렘으로 가득하다. 나도 놀랄 정도의 설렘이다.

나의 가족.

나의 도구.

나의 그림.

나의 책.

나의 친구.

나의 시간.

나의 일.

모든 것이 얼마나 소중한가를 깨닫게 되었고, 그 모든 것을 보고 싶은 마음에 설렌다.

이토록 돌아가는 설렘이 가득할 줄은 나는 상상하지 못했다.

여기에서 나는 일찍 자고 일찍 일어났으며 매일 도시락을 쌌다.

매일 책을 읽었다.

매일 글을 썼다.

매일 아이와 이야기를 하게 됐다.

매일 아이와 주말 스케줄을 짜며 함께 상의했다.

매일 영어의 장벽에 부딪히며 공부의 분야를 넓히게 됐다.

자주 스미글 문방구에서 아이와 신기한 문구를 보며 가슴 설레었다.

수영장의 무지개를 보며 아이와 함께 "오~" 탄성을 질렀다.

아이의 학교 샌드핏에서 늘 함께했다.

내가 만든 아지트에서 매일 혼자 long black을 마셨다.

매주 일요일에 교회에 가서 기도했다.

매일 빨강머리 앤을 생각나게 하는 구름을 바라보았다.

이제 브리즈번을 떠나서 집으로 돌아간다면 나는 두 번째 책 출판을 위해 준비를 할 것이다. 또 예정된 기업 강의를 나가고, 나의 자유로운 공간에서 마음껏 책을 읽고, 내 가족에게 충실하고, 매일 운동을 하고, 또한 매일 시간을 쪼개 영어공부를 할 것이다.

요리도 배우고 싶다. 그리고 매주 새벽기도 가는 시간이 더욱 소중할 것이다.

그리고 나는 자주 하늘을 볼 것 같다.

브리즈번에서 소소한 일상을 혼자 낄낄거리며 즐기는 것을 충분히 연습한 기분이다.

떠나왔다가 다시 돌아가는 나는, 하고 싶고 지키고 싶고 소중한 것이 구체적으로 나타났고, 그것들을 하나하나 실천하고자 하는 열정으로 가득 차 있다.

귀향. 집으로 돌아가는 나는 떠나온 의미를 충분히 찾을 수 있었고, 내가 있었던 공간, 머물렀던 시간, 함께한 사람 모두 너무 소중한 것임을 알게 되었다.

굿바이, 나의 브리즈번~

김청영

김청영

대학에서 미술을 전공한 후 ARTIST로 활동하면서 오랜 기간 미술 교육을 하다가 심리학에 매료, 대학원에서 예술치료를 공부하였다.

작가인 헤르만 헤세와 정신의학자인 구스타프 융이 선택한 "그림"이라는 코드에서 강렬한 영감을 얻어 첫 번째 책『헤르만 헤세처럼 그려라』를 출판한 이후 활발한 기업 강의와 함께, 다양한 현장에서 대중과 소통하는 예술치료를 하고 있다.

7살 아이의 엄마이기도 한 작가는, 아이와 함께 떠나게 된 호주 브리즈번에서의 자기치유 경험과 아이의 성장기를 이번 책에 담백하게 담아냈다.

이메일 : cj1228@hanmail.net

blog : blog.naver.com/studio_mauum

아이 엠 브리즈번

초판 1쇄 인쇄 2019년 12월 20일 | **초판 1쇄 발행** 2019년 12월 27일
지은이 김청영 | **펴낸이** 김시열
펴낸곳 도서출판 자유문고

(02832) 서울시 성북구 동소문로 67-1 성심빌딩 3층

전화 (02) 2637-8988 | 팩스 (02) 2676-9759

ISBN 978-89-7030-145-7 03810 값 14,500원

http://cafe.daum.net/jayumungo (도서출판 자유문고)